JN058336

目次

KUMA KUMA KUMA BEAR vol.9

くまクマ熊ベアー 9

くまなの

PASH!文庫

ユナ'S STATUS_

名前:ユナ
年齢:15歳
性別:女

クマのフード(譲渡不可)
フードにあるクマの目を通して、武器や道具の効果を見ることができる。

白クマの手袋(譲渡不可)
防御の手袋、使い手のレベルによって防御力アップ。
白クマの召喚獣くまきゅうを召喚できる。

黒クマの手袋(譲渡不可)
攻撃の手袋、使い手のレベルによって威力アップ。
黒クマの召喚獣くまゆるを召喚できる。

黒白クマの服(譲渡不可)
見た目着ぐるみ。リバーシブル機能あり。
表:黒クマの服
使い手のレベルによって物理、魔法の耐性がアップ。
耐熱、耐寒機能つき。
裏:白クマの服
着ていると体力、魔力が自動回復する。
回復量、回復速度は使い手のレベルによって変わる。
耐熱、耐寒機能つき。

黒クマの靴(譲渡不可)
白クマの靴(譲渡不可)
使い手のレベルによって速度アップ。
使い手のレベルによって長時間歩いても疲れない。

クマの下着(譲渡不可)
どんなに使っても汚れない。
汗、匂いもつかない優れもの。
装備者の成長によって大きさも変動する。

クマの召喚獣
クマの手袋から召喚される召喚獣。
子熊化することもできる。

スキル

異世界言語
異世界の言葉が日本語で聞こえる。

話すと異世界の言葉として相手に伝わる。

異世界文字
異世界の文字が読める。

書いた文字が異世界の文字になる。

クマの異次元ボックス
白クマの口は無限に広がる空間。どんなものも入れる（食べる）ことができる。

ただし、生きているものは入れる（食べる）ことができない。

入れている間は時間が止まる。

異次元ボックスに入れたものは、いつでも取り出すことができる。

クマの観察眼
黒白クマの服のフードにあるクマの目を通して、武器や道具の効果を見ることができる。

フードを被らないと効果は発動しない。

クマの探知
クマの野性の力によって魔物や人を探知することができる。

クマの地図
クマの目が見た場所を地図として作ることができる。

クマの召喚獣
クマの手袋からクマが召喚される。

黒い手袋からは黒いクマが召喚される。

白い手袋からは白いクマが召喚される。

召喚獣の子熊化：召喚獣のクマを子熊化することができる。

クマの転移門
門を設置することによってお互いの門を行き来できるようになる。

３つ以上の門を設置する場合は行き先をイメージすることによって転移先を決めることができる。

この門はクマの手を使わないと開けることはできない。

クマフォン
遠くにいる人と会話できる。作り出した後、術者が消すまで顕在化する。物理的に壊れることはない。

クマフォンを渡した相手をイメージするとつながる。

クマの鳴き声で着信を伝える。持ち主が魔力を流すことでオン・オフの切り替えとなり通話できる。

魔法

クマのライト
クマの手袋に集まった魔力によって、クマの形をした光を生み出す。

クマの身体強化
クマの装備に魔力を通すことで身体強化を行うことができる。

クマの火属性魔法
クマの手袋に集まった魔力により、火属性の魔法を使うことができる。

威力は魔力、イメージに比例する。

クマをイメージすると、さらに威力が上がる。

クマの水属性魔法
クマの手袋に集まった魔力により、水属性の魔法を使うことができる。

威力は魔力、イメージに比例する。

クマをイメージすると、さらに威力が上がる。

クマの風属性魔法
クマの手袋に集まった魔力により、風属性の魔法を使うことができる。

威力は魔力、イメージに比例する。

クマをイメージすると、さらに威力が上がる。

クマの地属性魔法
クマの手袋に集まった魔力により、地属性の魔法を使うことができる。

威力は魔力、イメージに比例する。

クマをイメージすると、さらに威力が上がる。

クマの治癒魔法
クマの優しい心によって治療ができる。

206 クマさん、おじさん2人と街の散策をする

ミサの誕生日パーティーは、パーティードレスを着ることになったり、ノアがくまゆるとくまきゅうのぬいぐるみを欲しがったりと大変だったけど無事に終わった。

そして、グランさんにプレゼントしたアイアンゴーレムをどこに置くかについても一騒動あった。

グランさんはアイアンゴーレムを玄関のところに置きたかったようだけど、反対者が多かった。

「お父さん、玄関だけはやめてください。初めて見る者が驚きますから」

「それがいいんじゃないか」

「ダメです。あくまで玄関に置くと言うのでしたら、ユナさんに持ち帰ってもらいます」

息子のレオナルドさんがわたしに視線を向ける。

他にも反対意見が出たため、グランさんは渋々と玄関に置くのは諦めた。そして、話し合いの結果、アイアンゴーレムは2階の中央通路に設置することになった。普段はお客に見えないところで、見せたいときは2階に上がれば簡単に見ることができる。それならと

皆が納得した。

なぜか設置はわたしの仕事になった。

「そんな重いもの、簡単に動かせない」と言われたらわたしがするしかない。

一度クマボックスにしまって、2階に上がったところの通路に設置する。

うん、格好いいね。

この鉄の質感がいい。マッドゴーレムは脆そうで、綺麗じゃなかった。シルバーゴーレムとか、ゴールドゴーレムがいたら3体を並べて飾りたいところだ。ミスリルゴーレム（ハリボテ）はいたんだから、存在してもおかしくはないはず。

ミサの誕生日パーティーから戻ったわたしは、部屋に入ると早々にドレスを脱いでクマの着ぐるみに着替える。

ああ、やっぱり、クマの着ぐるみは落ち着く。この肌触り、この守られている安心感。初めは恥ずかしいから抵抗があったけど、今では自ら着たいと思っている。そう考えてしまう自分が恐ろしい。

クマの着ぐるみが恋しくなるって、やっぱりこれは、呪いの防具だったのかもしれない。呪いの防具といえば一度着ると外せなくなるものが多いけど、これは装備者本人が求めてしまうから質が悪い。

隣を見るとフィナもドレスを脱いで安心している。フィナはわたしと別の理由で脱ぎたかったみたいだ。小声で「汚さないでよかったです」と言っていた。

確かにドレスを汚したら大変なことになったかもしれない。

ドレスを脱いだわたしは、それをどうしたらいいかノアに尋ねる。

洗って返すにしても、ドレスの洗い方なんて知らないし、この世界にクリーニング屋さんがあるわけでもない。

でも、返そうとするわたしに、ノアは反することを言う。

「ドレスは差し上げます」

こんな高そうなドレスを理由もなくもらうわけにはいかない。

「もらえないよ」

「いえ、交換です。そのドレスとクマさんのぬいぐるみを交換です。だから、絶対にクマさんのぬいぐるみをください」

つまり物々交換ってことらしい。

先に支払っておけば、わたしは約束を守らないといけなくなる。ぬいぐるみは初めからプレゼントするつもりだから問題はないけど、このドレスを着る機会はあるかな？

「フィナにも差し上げますから、大切にしてくださいね」

フィナは一生懸命に断ろうとするが、ノアは引かない。

「わたし、着る機会がないから。もらっても……」

「フィナはミサの誕生日パーティーには出ても、わたしの誕生日パーティーには参加してくれないの？」

「そ、そんなことは……」

「なら、わたしの誕生日パーティーのときに着てくださいね。もし、サイズが合わなくなったら言ってください。こちらで調整しますから」

フィナもどうやら逃げ道を塞がれて、ドレスをもらうことになったみたいだ。

ミサの誕生日パーティーが終わった翌日、朝早くにクリフとエレローラさんが今後の予定について話すため部屋にやってきた。クリモニアへは2日後に出発するから、それまでは適当に過ごしてくれと言われた。エレローラさんは適度に仕事をしてから帰るそうだ。

「ノアが2日後に帰るなら、わたしもその日に一緒に帰ろうかしら」

エレローラさんはしっかりと仕事をしてください。

とりあえず、クリモニアに帰るまで時間ができたので、街を探索することにする。

「それじゃ、わたしは出かけてくるね」

「はい」

フィナたちに見送られて一人部屋を出る。今日は久しぶりにフィナたちとは別行動だ。

フィナとノアは、ミサの家の花壇を見ながら3人でお茶会をすることになっている。わたしも誘われたが、今日は断って、食材の探索をすることにした。

玄関に行くと、ゼレフさんとボッツさんの姿があった。

「ユナ殿、お出かけですか？」

「そうだけど、ゼレフさんたちも？」

「はい、ボッツに街を案内してもらうことになりました」

「今日はクマの嬢ちゃんは一人なのか？」

ボッツさんはわたしの後ろのほうに視線を向ける。フィナたちのことを言っているみたいだ。

「あの子たちは仲良く3人でお茶会だよ。わたしは、一人で街の探索をしようかと思って」

「なら、ユナ殿。わたしたちと行きませんか？」

「おい、ゼレフ。このクマの格好をした嬢ちゃんと一緒に歩くのか!?」

そんな言い方をしなくても……確かにクマだけど。

でも、久しぶりの反応だ。

「だけど、嬢ちゃんは、どうしてそんな格好をしているんだ？　昨日の格好はマトモだっただろう」

「このクマの服はアイテム袋になっていたり、いろいろと便利なんだよ」

クマさんパペットをパクパクさせて詳しいことは濁す。

「確かにアイアンゴーレムが出てきたときは驚いたな。あとパーティー用の食材も嬢ちゃんのアイテム袋に入れて王都から持ってきたんだったな」

「ボッツ。ユナ殿にお礼をしたかったのでしょう。街の案内ぐらいしてあげたらどうです」

お礼？　ボッツさんにお礼を言われるようなことしたっけ？

怪我を治したりはしていない。

「……分かったよ。それでクマの嬢ちゃんはどこに行きたいんだ？」

「食材を見たり、時間があれば冒険者ギルドに行こうと思っているけど」

「そういえば、おまえさん、本当に冒険者なのか？　ゼレフから聞いたが、未だに信じられん」

まあ、クマの格好だし、冒険者だとは思わないよね。

「まあ、いい。食材なら俺たちも見に行くところだ。案内してやるよ」

断る理由がなかったので、わたしはボッツさんとゼレフさんの申し出を受けることにした。何かあれば、そこで別れればいいし。ゼレフさん、ボッツさんとわたしの珍しい組み合わせで屋敷を出る。

歩きだすとボッツさんが話しかけてくる。

「クマの嬢ちゃん。今回はゼレフを連れてきてくれてありがとうな。おかげであの貴族に大きな顔をさせないですんだ」

ボッツさんからあらためてお礼を言われる。お礼ってそのことだったんだね。みんなの話を聞くと、とんでもない貴族だったみたいだ。

「それにしても、どこであんな料理教わったんだ？　プリンにショートケーキに生クリームだったか？　ゼレフが言うには、もっと美味しい料理も知っているらしいじゃないか」

「ボッツ。ユナ殿には詮索しない約束ですよ」

「そうだったな。でもな、料理人として気にならないわけがないだろう」

「気持ちは分かります」

「ゼレフは教えてもらったんだろう？」

「はい。わたしは教えてもらいました」

なぜか、ゼレフさんが少し自慢気に言う。

教えた理由を問われれば、フローラ様のためと答える。フローラ様がいつでも食べられるようにと思ったから、ゼレフさんに作り方を教えた。もちろん、食べ過ぎはよくないので、あまり作りすぎないようには言ってある。

でも、そんなことを知らないボッツさんは悔しそうにしている。歩いている間もわたしの作ったプリンやケーキの話が続く。

「なんだ。王都に店を出すのか？」

「わたしの管理の下で、お店を出すことになりました。だから、その店で働く者には作り方を教えています。ボッツもお店で働きますか？」

ゼレフさんの言葉にボッツさんは悩むこともなく、首を横に振る。

「いや、俺はグラン様に恩義があるからな。拾ってもらった恩を返さずに行けない」

ボッツさん、見た目と違って、しっかりしているんだね。

「ボッツさんにも作り方、教えようか？」

「いいのか!?」

「だけど、いくつか、守ってほしい約束があるよ」

「約束？」

「他人には教えないこと。あと、できれば店とかは出さないでほしいかな」

「店を出す金なんてないから、安心しろ。料理人として知りたいだけだ。なんなら念書も書くぞ」

「念書はいらないけど。あと最後にもう一つ。一番大事なこと」

「これ以上に大事なことがあるのか？」

人に教えない。店を作らない。これ以上に大事なことはある。

「ああ、なるほど。確かにグラン様のところで働くなら大切なことがありましたね」

ゼレフさんは気づいたようだ。

「ゼレフは分かるのか？」

「わたしも約束させられましたからね」

「それほどの重要なことが……」

「あるよ。ミサが欲しがっても毎日は作らないこと。特にショートケーキは糖分が多いから、7日に1回、多くても2回かな」

これだけは譲れない。

あんな可愛い子が、太ったら可哀想だ。何より甘いものの食べ過ぎは健康によくない。

「……そんなくだらない」

「くだらなくないよ。女の子にとっては大事なことだよ。将来ミサが太って、もしそれが理由で婚約者ができなかったらボッツさんのせいだからね」

「うう、そう言われると、確かに大事なことだな」

「しっかりミサの食事の管理をしてあげてね。ミサが食べたいと言っても、毎日作ったりしないでよ」

「わたしもフローラ様に食べさせすぎないように言われました」

「分かった。俺も約束しよう」

プリンやショートケーキの作り方は、しばらく滞在することになっているゼレフさんが教えることになった。


そして、市場に着いたわたしたちは、いろいろと見て回る。

「見られているな」

「見られていますね」

ボッツさんとゼレフさんは周囲の視線が気になるようだ。

もしかして、フィナたちと一緒に歩くよりも違和感があるのかもしれない。小さな女の子が着ぐるみのクマと歩いているのと、おじさん2人が着ぐるみのクマと歩いているのでは、間違いなく後者のほうが違和感がある。

「人が多いところに来ると、さらに視線が多くなるな」

確かに買い物に来ている人やお店の人たちに見られているね。「クマ」という単語が、そこらじゅうから聞こえてくる。近寄ってきて触ったり、何かを仕掛けてこない限りは気にしないことにする。ボッツさんも、しかたなさそうにお店の案内をしてくれる。

あまりクリモニアと離れていないから、お店に売っているものは、さほど変わらない。もう少し、気候が違う場所に行かないと変わったものは見つからないかな。それでも見たことがないものもあるので、食材の先生に聞いていく。

「あれは甘酸っぱい果物です。イチゴの代わりにケーキに入れても美味しいかもしれません」

「確かに、大人が食うにはいいかもな」

「あっちの果物は、甘いですから、ケーキに入れると子供は喜びますね」

うん、勉強になるね。

「おじちゃん！　そこの箱全部ちょうだい。そっちの果物もお願い」

品物の代金を払うとお店のおじさんは驚いた顔をする。まあ、こんなに大量に買うのは珍しいのだろう。

決して、わたしの格好に驚いたわけじゃないはず。

「ユナ殿、そんなに買うのですか？」

「クリモニアにも売っているかもしれないけど。探すのも面倒だし」

「だからって、多くないか？」

「孤児院の子供たちのお土産にするから大丈夫だよ」

「孤児院？」

そういえば知らなかったよね。

「わたし、孤児院の経営みたいなことをしているから、その子供たちへのお土産だよ」

「おまえさん、そんなことまでしているのか？」

ボッツさんは驚く。

「まあ、成り行きだけどね」

「嬢ちゃんはどこかの貴族様か？」

「違うよ。普通の女の子だよ」

「……普通の女の子ね」

ボッツさんは訝しげにわたしを見る。クマの格好以外は普通の女の子だ。

それから、市場を一回りして、適度に買い物を終える。

「それじゃ、一度戻るか？」

「ユナ殿はどうしますか？」

「わたしはもう少し、街を散策してから帰るよ。ボッツさんゼレフさん、ありがとうね。勉強になったよ」

「それは何よりです。今度はわたしが王都の穴場の場所を案内してあげますよ。いろんな場所からきた珍しいものが売っている場所があるんですよ」

なにそれ。凄く気になる。わたしは約束をして２人と別れる。

207　クマさん、怒る

さて、どこに行こうかな。

わたしは2人と別れてから、適当に街の中を歩く。

わたしがキョロキョロとあたりを見回していると「くぅ～ん、くぅ～ん、くぅ～ん」。

白クマパペットからそんな鳴き声？　が聞こえてくる。

クマフォンの音だと気づくのに数秒かかり、クマボックスからクマフォンを取り出す。

「もしもし、フィナ？」

『ユ、ユナ、おねえちゃん……ミサ様が……』

クマフォンから苦しそうなフィナの声が聞こえてくる。

「フィナ！　フィナ、どうしたの！　なにがあったの！」

『ユナ、おねえちゃん……』

「どうしたの!?」

『………』

クマフォンに向かって叫ぶが返事はない。

わたしはグランさんのお屋敷に向けて走りだした。

走りながらも、フィナに呼びかけ続けるが返事はない。

フィナはどこ⁉

お屋敷の前に使用人がいる。

「ミサたちは大丈夫なの⁉」

使用人はわたしの剣幕に驚く。

「ミサーナ様ですか？」

使用人はなにを尋ねられたか意味が分かっていない。

なにも起きていないの？

それじゃ、フィナたちは？

フィナは、ミサとノアと花壇を見ながらお茶会をするって言っていた。目の前の使用人に尋ねようと思ったが、自分で捜したほうが早い。わたしは使用人を無視して、高く跳び、屋根の上に登る。そして、左手のほうに花壇を見つける。

「フィナ！」

屋根から、綺麗な花が咲く花壇の前に飛び降りる。

花壇の前にフィナとノアが倒れていた。その側にはミサにプレゼントしたくまゆるとくまきゅうのぬいぐるみが落ちているが、ミサの姿は見当たらない。

フィナの手にはクマフォンが握られている。

「フィナ！　ノア！」

駆け寄って、フィナを抱きかかえる。

フィナの顔には殴られた跡があった。

誰が⁉

「うぅ……」

わたしは優しく顔に触れて、治療魔法を使う。すると、顔の腫れは消えていく。

次にノアのことを確認するが気を失っているだけみたいだ。

ホッとするが、ミサの姿だけが見えない。あたりはくまゆるとくまきゅうのぬいぐるみが転がっているだけだ。ここでなにかがあったのは間違いない。

「ミサ！」

叫ぶが返事はない。

襲われて、逃げた？　捕まった？

ミサが逃げていれば騒ぎになっているはず。先ほどの使用人を見る限りじゃ、騒ぎになっていない。騒ぎになっていれば、フィナたちが放置されているわけがない。なら、考えられることは、ミサは今さっき連れ去られたということだ。

「ユナ、どうした？　使用人が驚いていたぞ。……ノア！」

クリフがやってきて、倒れているノアを見て叫ぶ。

「ユナ、なにがあった！」

「分からない。フィナに危険が迫っていることが分かったから、駆けつけたら……」

クリフはノアを抱きかかえる。わたしはフィナのところに戻るが意識は戻っていない。

いったい、なにがあったの？　ミサは無事なの？

クリフと話していると、使用人とメーシュンさんがやってくる。

「ユナ様！　なにがあったのですか!?」

「誰かに襲われたみたい。メーシュンさん、グランさんに報告と、お屋敷の中にミサがいないか捜して」

無駄とは思うが一応お願いする。メーシュンさんはすぐに使用人たちに手分けして捜すように指示を出す。

それと入れ代わりにグランさんがやってくる。

「なにがあったのだ」

「ミサの姿がなくて、フィナとノアが倒れていた」

「なんじゃと」

それ以外、分からない。グランさんは抱きかかえられているフィナとノアを見る。ミサだけがいない。それだけで、ここでなにかが起きたことは明らかだ。

グランさんが動こうとしたとき、フィナの目がうっすらと開いた。

「フィナ！」

「ユナ、お姉ちゃん？」

「なにがあったの？」

フィナは周りを見ると、わたしのクマの服を掴む。

「ミサ様が、ミサ様が」

フィナは一生懸命に声を絞りだすようにミサの名を言う。

「落ち着いて、ゆっくりでいいから話して」

「ミサ様とノア様とわたしの3人でお花を見ながらお話をしていたんです。そしたら、いきなり、黒いマントに白いマスクを被った男の人が現れて、ミサ様を捕まえて連れ去ろうとしたんです。わ、わたしとノア様はミサ様を守ろうと、男の服を掴んだんだけど。なにもできなくて……」

フィナは顔を擦る。そのときに殴られたのだろう。

「ユナお姉ちゃん、ミサ様を助けて」

今にも泣きそうな顔でわたしにすがりつく。

「大丈夫だよ。ミサはわたしが助けるよ。メーシュンさん、フィナをお願いします」

わたしはフィナの頭を優しく撫でて、ゆっくりと立ち上がる。

怒りで爆発しそうだ。フィナの殴られた顔を見ただけで沸点に達している。さらにミサが連れていかれたという話を聞いて、じっとしていられるわけがない。

「ユナ、どうする気だ」

クリフが尋ねてくる。わたしはぬいぐるみを拾いながら答える。

「どうするって、ミサを取り返しに行くに決まっているでしょう。ミサが攫われたのに。どうしてそんなことを聞いてくるの？」

そんな質問をするって、クリフはバカなのかな。

やばい、頭に血が上って、感情が抑えられない。落ちていたクマのぬいぐるみをフィナに渡す。

「取り返すじゃと⁉　ミサがどこにいるのか分かるのか⁉」

グランさんがわたしの肩を強く摑む。

わたしはその手を静かに払いのけて、左右の腕を伸ばす。

「くまゆる！　くまきゅう！」

わたしはくまゆるとくまきゅうを召喚する。大きいくまゆるとくまきゅうの姿に周りが騒ぐが気にしない。

「2人ともミサの居場所、分かる？」

くまゆるとくまきゅうは周りの匂いを嗅ぐと、「「くぅ〜ん」」と鳴く。わたしはくまゆるに飛び乗る。

「嬢ちゃん、待て！」

「なに！」

時間が惜しいのにグランさんが呼び止める。

「ミサを頼む」

わたしは頷(うなず)くと、塀(へい)を飛び越えて走りだす。道の真ん中、くまゆるとくまきゅうが走る。街の人々が騒ぐが知ったことじゃない。どこのどいつか知らないが、生きて帰れると思うな。

208 ランドル、ミサを攫う

パーティーから戻ってきた。いきなり現れた料理人のせいで、なにもかも失敗に終わった。

イラつく。

なんなんだ？　親父も簡単に引き下がりやがって。親父らしくもない。いつもなら、引き下がらずに、相手を陥れるというのに。あんな料理人が出てきたぐらいで、逃げやがって。いつもどおりにすればいいんだ。言うことを聞かなかったら、無理やりにでも聞かせればいい。親父はいつもそうやってきたじゃないか。賄賂、脅迫、暴力、方法はいくらでもある。

ここの地下室にも親父が攫ってきた子供たちがいる。ミサーナのクソ爺のパーティーに親たちを参加させないために攫ってきた子供たちだ。親父が脅しても参加を断らなかった者。だから、攫って脅迫をした。今度も同じようにすればいい。

俺はブラッドを呼んで、ミサーナを攫うように指示した。

「父上の指示ですか？」

「俺の命令だ。おまえは俺の言うことを聞いていればいい」

「構いませんが、お金はいただきますよ」

「分かっている。金ぐらい払ってやる。でも、気づかれないように攫えよ。俺が攫ったと知られると面倒だからな」

それから、ブラッドはミサーナを攫うため、行動に移した。

ブラッドの報告によれば、ミサーナは街の外で冒険者のモグラ退治を手伝っていたが、冒険者がいたため攫えなかったという。しかし、モグラ退治とは、のんきなものだ。だがそれも今だけだ。

ブラッドにはチャンスがあれば攫えと言ったが、数日過ぎても未だに攫えていない。無能なのか、チャンスがないのか。

親父のほうも、あれだけの屈辱を受けたのに動きだそうとしない。たまに商人と話している姿は見かける。子供を預かっている親が来るが、あの料理人が帰るまで預かるそうだ。

そんなとき、ブラッドがミサーナを攫ってきたと報告がきた。確認しに行くと、生意気だったミサーナは目と口を塞がれている。これでファーレングラム家はおしまいだ。

ミサーナに俺の声を聞かれないように隣の部屋に連れていかせる。

「おまえが攫ったことは気づかれていないな」

「仮面をして、すぐに目と口を塞ぎましたから大丈夫です」

「ならいい」

俺がどうするかと考えていると親父が血相を変えてやってくる。

「ランドル！　貴様、ミサーナを攫ったって本当か⁉」

「ああ、親父がいつもやっていることと同じことをしたまでさ。あとはあの爺さんを脅迫して、領主を辞めさせればいい」

「バカやろう！　そんなに簡単にいくわけがないだろう。貴族と商人は違う。貴族なら領主の地位を守るために小娘一人くらい見捨てる。俺なら……」

最後は聞き取れなかったが意味は分かった。

俺ならおまえを見捨てると。俺だって親父が捕まっても見捨てる。だからといって、あの馬鹿正直に生きているファーレングラム家が家族を見捨てるとは思えない。

あの家族ならミサーナのために領主の地位も捨てるかもしれない。

親父が俺を睨みつけ、さらに口を開こうとしたとき、玄関あたりからもの凄い音が聞こえた。

209

クマさん、ミサを助ける

　くまゆるとくまきゅうが向かった先は、グランさんのところと同じくらいの大きさのお屋敷だった。

　わたしは風魔法で屋敷の門を壊すと、くまゆるから降りてゆっくりと歩く。その後ろをくまゆるとくまきゅうがついてくる。

「なんだ、おまえは！」

　突然現れた門番がわたしに向かって剣を構える。

「ミサはどこ？」

　静かに門番に尋ねる。自分でもこんな声が出るとは思わなかった。

「なにを言っている？」

　知らないみたいだね。邪魔なので、クマパンチで黙らせる。男は体をくの字に曲げて倒れる。わたしは倒れている男の横を通り抜けて玄関の前に立つ。そして、挨拶(あいさつ)代わりにクマパンチで扉を開ける。扉は大きな音を立てて吹き飛ぶ。扉がなくなったおかげで、風通しがよくなり、くまゆるとくまきゅうも余裕で通れるようになった。それにこの家は潰(つぶ)れるんだ。扉なんて必要はない。

「くまゆる、くまきゅう」

わたしの言葉にくまゆるとくまきゅうは反応して歩きだす。くまゆるとくまきゅうがミサのところに案内してくれる。わたしが歩きだした瞬間。この屋敷の主と思われる、ガマガエルみたいな顔をした男と、ミサに喧嘩を売ってわたしに殴りかかってきた少年が現れた。

やっぱり、こいつらの屋敷だったんだね。

攫ったミサを自分の屋敷に連れて帰るとか、バカなのかな。

「なにごとだ！　貴様はなんだ。それにその熊は？」

礼儀正しく男の質問に答えるほど、今のわたしは優しくない。

「ミサはどこ？」

低い声で尋ねる。

「おまえはあのときの変な格好したクマ」

どうやら、少年はわたしのことを覚えていたらしい。

「ミサはどこ？」

わたしはもう一度尋ねる。

「なんのことだ？」

少年の代わりにガマガエル男が答える。

知らないふりをするんだ。

わたしはガマガエル男に軽めの空気弾を撃ち込む。ガマガエル男はお腹を押さえて膝を落とす。そんな軽い魔法で何を苦しんでいるの？　地獄を見るのはこれからだよ。

「勝手に捜すから、別に居場所を教えてくれなくてもいいよ。もっとも見つけたあと、あんたたちがどうなっているか分からないけどね」

ミサでも怪我をしていたら、ただではすませない。

「な、なにを言っている？」

ガマガエル男は苦しそうにわたしのほうを見るが、わたしはガマガエル男の言葉を無視して、歩きだす。

くまゆるとくまきゅうを連れて歩きだしたとき、階段の上から黒い影が飛び出し、それと同時に火の玉がくまゆるとくまきゅうに向けて放たれた。だけど、くまゆるとくまきゅうは楽々と火の玉を躱す。

「熊が今のを躱しますか？」

黒いマントを着た黒ずくめの男が現れる。

「そのふざけた格好といい、その熊といい。あなたは何者ですか？　わたしが監視していたことに気づいていたみたいでしたし」

いきなり現れた黒服の男は、意味不明なことを言いだす。

なんのこと？

「まさか、あんなに離れて見ていたのに気づかれるとは思いもしませんでしたよ」

この黒いの、何を言っているの？

「そのせいでチャンスがなかなかありませんでした。ようやく、今回は子供たちだけになって、攫うことができました。なのに、どうしてこんなに早くこの場所にたどりつけるんですか？　あなたは出かけていて、こんなに早く知られるはずがないんですが」

「ブラッド！　余計なことは言うな！」

「もうこの変な格好したお嬢さんには気づかれてますから、無駄ですよ」

この黒い男がミサを攫ったわけだ。

つまり、フィナを殴ったのは、この黒い男だと。

簡単に犯人が見つかってよかった。しかも、攫ったことに罪悪感を抱いていない。殴っていいよね。

目の前に犯人が現れたことに、思わず笑みがこぼれる。

「なにが可笑しいんですか？」

「こんなに簡単にフィナを殴った犯人が見つかって嬉しいだけだよ」

「ブラッド。おまえが気づかれないように攫ってこなかったせいだ。責任を取って、この変な女と熊を処分しろ！」

ガマガエルの息子が黒ずくめの男に向かって叫ぶ。

「しかたないですね。本当は別料金をいただきたいところですが、わたしの落ち度ですから、今回はサービスにしておきます」

黒ずくめの男はそう言うとわたしに向かって駆けだし、ためらうこともなく火の玉を放ってくる。わたしは白クマパペットで防ぎ、お返しに火の玉を放つ。ブラッドは後方に跳んで躱す。

「魔法を防いで、打ち返しますか。面白い嬢ちゃんだ。子供だと思って甘く見ないことにしましょう」

男は獲物を前にした獣のように舌舐めずりをする。

気持ち悪い。吐き気がしてくる。

「ブラッド、魔法なぞ使いおって！　屋敷を壊すつもりか！」

「魔法なら、こちらのクマのお嬢さんも使っていますよ」

「いいから、早くその変な女をなんとかしろ。おまえたちも絶対に逃がすな！」

ガマガエル男が叫ぶ。

振り返ると数人の警備兵が玄関を塞いでいる。あんなので防いでいるつもりなのかな。

くまゆるとくまきゅうを見てビビッているのに。くまゆるとくまきゅうが近寄っただけで道が開きそうだ。

「本当は広いところで戦いたかったのですが、しかたありませんね」

男はナイフを構えて襲ってくる。でも、わたしには男の動き、ナイフの軌道、全て見える。

わたしは迫ってくる男のナイフを躱し、男の顔に向けてクマパンチを撃ち込む。だけど、クマパンチは躱される。

すれ違いざまに男が笑う。その笑みがわたしの怒りを増幅させる。一発躱しただけで、いい気になるな。

男はナイフを振りかざす。だが、遅い。白クマパペットで男のナイフを咥える。

その瞬間、男の表情が初めて驚きの顔に変わる。男は力を入れてナイフを押し込もうとするが、微動だにしない。

わたしは右手の黒クマパペットに力を込めて殴るが空を切る。

また、躱された⁉

男はナイフを放して後方に逃げていた。さらに火の玉を放ってくる。わたしは水魔法で相殺する。いや、わたしの魔法が勝った。水が炎を呑み込み、水流はそのまま後方に下がった男を襲う。でも、それさえも、男は躱す。

「あなたは何者ですか？　わたしのナイフを受け止めたうえ、力負けまでしてしまうとは」

「あなたも別に全力じゃないでしょう」

「ここは狭いですし、威力のある魔法を使うとお屋敷が壊れますからね。でも、わたしよりも後に魔法を使ったのに力負けしたのは悔しいですね」

「今まで、弱い者としか戦ってこなかっただけじゃないの？　もしかして、わたしの見た目で手加減している？」

「そんなことはないですよ。初めて会ったときから、変な格好をしているだけの女の子ではないと思っていましたから」

あのときから？

「少女を守る対応を見れば分かります。だから、わざわざ、あなたがいないときに襲わせてもらったんですよ」

その言葉で怒りを思い出す。

「倒す前に、わたしからも一つ聞いてもいいかな。どうしてミサと一緒にいた2人の女の子も攻撃したのかな？　あなたほどの腕があれば2人を相手にする必要はなかったでしょう？」

「ああ、あの一緒にいた2人ですか。勇敢な少女たちでしたね。ターゲットの少女を捕まえて逃げようとしたら、いきなり、服を摑んでくるのですから、少し手荒な真似をしてしまいました。一生懸命にわたしの服を摑み、放そうとしませんでしたからね」

「もう、いいよ。分かったから」

聞いたわたしがバカだった。ムカついただけだった。

でも、フィナ、ノアの勇敢な姿が思い浮かぶ。友達を助けようとした2人。でも、危険なことはしてほしくない。

さっさと、全員ぶち倒して、2人のところにミサを連れ帰る。それだけだ。

わたしは黒クマパペットに力を込める。

魔法で倒すのは簡単だ。でも、それでは気が収まらない。フィナとノアのために顔を殴る。百倍返しだ。

わたしは奪い取ったナイフを男に向けて投げる。それと同時に床を蹴る。

男は咄嗟に投げたナイフを避けるが、避けた先にはわたしがいる。男は反応するが、わたしのほうが速い。わたしの力がこもった黒クマパペットが男の顔を襲う。そのまま、腕を振りぬく。

男は床に叩きつけられる。二、三度、バウンドして倒れる。

顔は変形し、鼻、口から血が流れている。鼻、歯は間違いなく折れているだろう。

男はピクピクと痙攣をして、立ち上がる様子はない。

「ブラッド！」

ガマガエル男の息子は叫び、ガマガエル男は信じられないような顔で男とわたしを見る。

「おまえたち、何をしている。その変な熊をなんとかしろ！」

わたしが睨み返すと、ガマガエル男は叫ぶ。

警備兵はとっさに剣を構えたり、魔法を唱えようとする。

でも、わたしは風魔法を使って警備兵を全て吹き飛ばす。

「なんなんだ。おまえは」

「ミサの友人だよ。貴族同士の争いに口を出すつもりはなかったけど。子供のミサに手を出すなら話は別」

「俺は知らん。息子が勝手にやったことだ」

ガマガエル男が息子がいたほうを見るが姿がない。警備兵に攻撃をした瞬間に逃げたみたいだ。クマの探知スキルを使って逃げ出そうとしている人物を捜そうとしたら、自分から戻ってきた。

しかも、ミサを連れて。

「おい、そこのクマ！　抵抗すれば、こいつの……」

バカ息子が何かを言う前に、空気弾を顔に撃ち込む。男の手からミサが離れる。わたしは一気にバカ息子との間合いを詰める。わたしはミサを取り戻すと、バカ息子の顔にクマパンチを叩き込む。バカ息子も鼻、口から血を流しながら倒れる。

わたしは助け出したミサを見る。手は前で紐(ひも)で結ばれ、口と目が布で塞がれていた。布を取ってあげると、ミサは涙を浮かべていた。

「もう、大丈夫だよ」

安心させるために、優しく微笑(ほほえ)んであげる。

「ユ、ユナお姉さま」

わたしは泣き始めたミサを優しく抱きしめてあげ、手首を縛っている紐をナイフで切る。

そして、バカ息子の親を冷めた目で睨みつける。

「俺は知らん。息子が勝手にやったことだ」

「だから、自分は関係ないと？」

「そうだ。それに、貴族の俺にこんなことをしてただで済むと思っているのか？」

ああ、息子がバカなら、親もバカだ。口から出る言葉に一切、謝罪がない。静かにしてもらおう。我慢の限界がきて、殴って黙らせようとしたとき、

「ユナちゃん、ちょっと待って！」

どこからともなく、エレローラさんの止める声がした。

210 クマさん、エレローラさんに説明する

「ユナちゃん、ちょっと待って!」

待ってと言われたところで、腕は急には止まらない。クマさんパペットは止まらず、腕は振り抜かれる。

「ぐふっ」

クマさんパペットがガマガエル男の腹にめり込む。

「遅かった」

いや、間に合ったよ。エレローラさんがいきなり声をかけたせいで、クマさんパンチの威力が半減してしまった。

その証拠にガマガエル男は吹っ飛んでいないし、内臓も飛び出していない。口から泡を吹いて気を失っているだけだ。

「エレローラさん? どうしてここに」

わたしが壊した扉から入ってくるエレローラさんに尋ねる。

「商業ギルドに行った帰りに、鬼のような顔に包まれたようなユナちゃんがくまゆるちゃ

んに乗って走るのを見かけたから、慌てて追いかけてきたのよ。あんなユナちゃんを見たら追いかけないわけにはいかないでしょう」

鬼のような顔って、そんなに怖い顔をしていたかな？

思い返してみる。うん、たぶん、していたね。フィナたちが襲われたんだ。怒らないほうがおかしい。

「でも、あまり年寄りを走らせないでね」

そのわりには息切れをしていない。それに年寄りって、見た目だけなら20代半ばに見える。それに引き替え、エレローラさんと一緒にいる後ろの3人は息切れしている。一人は見覚えがある。確か、国王誕生祭や、王都の盗賊騒ぎ、チーズを買った際に騒ぎになったときにもお世話になったランゼルさんだ。ほかは初めて見る顔だから分からない。ランゼルさんと一緒にいるってことは騎士なのかな？

その騎士と思われる3人は息を切らしているのにエレローラさんは平然としている。エレローラさんって何者なんだろう？

「それで、ユナちゃん。この状況を説明してくれる？」

エレローラさんが周りの状況を見ながら尋ねてくる。

扉は吹き飛び、壁の一部は崩れ、血みどろの人間が2人。泡を吹いて倒れているガマエルが一人。使用人は震えている。あらためて見ると酷い状況だね。どうみても野生のクマが暴れた状況だ。でも、後悔はしていない。暴れ足りないぐらいだ。

わたしはミサが攫われて、助けるためにここに来たことを説明する。

「誘拐⁉」

わたしの言葉にエレローラさんは驚き、ミサを見る。

「みんなでお花を見ていたら襲われて。ここに連れてこられたんです。でも、すぐにユナお姉さまが助けてくれました」

わたしはグランさんの家であったことを一通り話す。もちろん、フィナとノアのことも話す。

「2人は無事なの⁉」

「2人とも気を失っていただけみたいだから、大丈夫だよ」

わたしの言葉にエレローラさんはホッとした顔をする。そして、倒れているガマガエル男を睨みつける。

まあ、最愛の娘が襲われたと聞かされれば怒るだろう。

「それで怒ったユナちゃんが暴れたわけね」

確かにそうだけど……。ミサを攫った男が悪い。

エレローラさんは少し考えて、この屋敷にいる警備兵と使用人たちに向かって口を開く。

「わたしはエレローラ・フォシュローゼ。国王陛下の名において、ガジュルド・サルバードを捕らえます。あなた方からも聞き取りをします。素直に答えることをお勧めします。嘘を吐けば、それだけ罪が重くなります」

警備兵と使用人たちはお互いに顔を見る。

「素直に話せば、罪は軽くなるのですか？」

「あなた方が人として非道なことをしていなければ罪は軽くすることを誓いましょう」

そう言った瞬間、半分の警備兵が下を向く。残りの半分はホッとしている姿がある。使用人たちの反応もまちまちだ。

「素直にこちらの指示に従うつもりがあるのでしたら、ギルドカードと市民カードを出してください」

エレローラさんはこの場にいる全員に命令する。

確かにカードがなければ街の外には行けないし、身分を一時的に剝奪されるようなものだ。

もちろん、紛失等なら再発行は可能だが、犯罪者に再発行されることはない。それにここで逃げれば、二度と街の中に入ることはできなくなる。

警備兵と使用人たちは素直に自分たちの身分証のカードを差し出す。そのカードをランゼルさんたちが回収する。ここで逆らっても、得にはならない。

「ランゼル、ヴォルズ、まずは主犯格の3人の捕縛。そのあとに屋敷の中にいる者、全員に事情聴取するわ。ただし、手荒な真似はしないように」

「承知しました」

2人は顔が変形している黒服の男とバカ息子とガマガエル男に駆け寄る。

「ミッシェルはファーレングラム家に行き、クリフとグラン様を呼んできて。もちろん、警備兵も連れてくることを忘れないで」

「わかりました」

ミッシェルと呼ばれた男は屋敷から出ていく。

「さて、あとはどうしたものかしら」

エレローラさんは周囲を見る。ランゼルさんがガマガエルとバカ息子、黒服男を縛りあげている。他の者たちも素直に従って一カ所に集まって静かにしている。

「ランゼル、3人は目を覚ましそう？」

「ダメです。ガジュルド・サルバードは完全に気を失っています。他の2人は危険な状態です」

思いっきり殴ったからね。もう少しで人殺しになるところだった。まあ、死なれても後味が悪いし、殴ったことで、気は半分晴れた。

「3人にはいろいろと聞きたいことがあるから、死なれたら困るわ。応急処置だけはしておきなさい」

エレローラさんが指示を出し、わたしに抱きついているミサに視線を向ける。

「ミサーナ。尋ねたいことがあるんだけど、いいかしら」

「はい」

「ミサーナ以外に子供がいなかったかしら、子供の声が聞こえたでもいいんだけど」

エレローラさんの質問にミサは首を横に振る。

「目隠しをされていたから。声も聞いていないです」

「そう。やっぱり、ガジュルド本人に聞かないといけないわね」

「どうかしたんですか？」

「どうやら商人の子供たちも攫われているみたいなのよね。今日、商業ギルドに行ったんだけど、そこで子供をガジュルドに攫われたという商人の話を聞いて、それでどうしようかと思って、ギルドを出たところでユナちゃんを見かけたのよ」

「それじゃ、この屋敷のどこかに子供が？」

「その可能性はあるわ」

危なかった。怒りに任せて屋敷を壊すところだった。エレローラさんが来なかったら、間違いなく壊していたよ。そしたら、攫われた子供たちが死んでいたかもしれない。あとで、崩れた屋敷から子供の死体が出てきたなんて話は聞きたくない。

「だから、攫った子供のことをガジュルドに聞きたかったんだけど。起きてもらうしかないわね」

ガマガエル男は口から泡を吹いて気を失ったままだ。とてもじゃないが話を聞ける状態ではない。でも、ガマガエルなら水でもかけたら目を覚ますかな？

まあ、起きなくても探知スキルもあるし、くまゆるとくまきゅうもいるから、攫われた子供が屋敷の中にいれば見つけることはできる。

エレローラさんは気を失っているガマガエル男に近づき手を伸ばす。エレローラさんの手から勢いよく水が出て、ガマガエル男の顔に直撃する。エレローラさん、やっぱり魔法が使えたんだね。娘のシアが使えるんだから、エレローラさんが使えてもおかしくはない。

「な、なんだ」

目を開けるガマガエル男。やっぱり、ガマガエルは水で生き返るみたいだ。

「なんで、縛られているんだ」

自分が縛られていることに気づき、暴れ始める。

「久しぶりね。ガジュルド」

「貴様はエレローラ。なんでここにいる」

「国王陛下のご指示でシーリンの街の視察よ。最近、この街から黒い噂が聞こえてくるからね。でも、まさか領主の孫娘を攫うとは思わなかったわ」

「俺は知らん。息子が勝手にやったことだ。俺は関係ない。そいつを捕まえるなら勝手に連れていけ。親と子の縁は切る」

ガマガエル男は隣に寝かされている息子を見ながら、無実を主張する。

「子の責任は親の責任よ。貴族の娘を攫って、さらにわたしの娘まで襲っておいて、そんな言いわけが通用すると思っているのかしら」

エレローラさんの言葉には怒りがこもっている。

「なんと言われようが、俺は関係はない！　早く縄を解け！　俺は貴族だぞ」

うるさい。もう一度殴って黙らせたほうがいいかもしれない。でも、わたし以上に殴りたいと思っているはずのエレローラさんが我慢しているんだ。我慢しないと。我慢、我慢。

「貴族を名乗るのは恥ずかしいからやめてくれないかしら。ユナちゃんにわたしとあなたが同類だと思われたら恥ずかしくて生きていけなくなるわ。それにミサーナのことは息子がやったとしても、商人の子を攫ったのはあなたなんでしょう？」

「なんのことだ。知らん」

「そう。しらを切るなら、勝手に家を調べさせてもらうわ」

「ふざけるな！　そんなことが許されると思っているのか！　おまえになんの権限があって」

「あるわよ。すでにファーレングラム家の孫娘を攫っているんだから。それにこんな状況で断れると思っているの？」

エレローラさんの言葉に歯を食いしばって悔しそうにする。でも、すぐに薄ら笑いを浮かべる。

「たとえ子供がいたとしても預かっているだけだ。契約書もある。だから、攫ったわけじゃない」

凄（すご）い言い分だ。

「それは攫った後に、脅迫して書かせたんでしょう？」

「そんな証拠はないな。いるのは正式に預かった子供だけだ」

縛られながら笑うガマガエル男。契約書がどういうものか分からないけど、ガマガエル男は自信があるみたいだ。エレローラさんの曇った顔を見ると、その言い分は有効みたいだ。元の世界でも悪徳業者に騙されてサインをしてしまい、お金を請求されたという話は聞いた。契約書の効果は強い。

「そう、ならいいわ。この屋敷を隅々まで調べさせてもらうから。もちろん、あなたの部屋もね。子供以外になにが出てくるか楽しみだわ」

エレローラさんが悪い顔になっている。

「ふざけるな！　調べることは許さん！」

「あなたから、許可をもらう必要はないわよ。許可なら、国王陛下からいただいていますからね」

「国王陛下だと……」

エレローラさんはアイテム袋から一枚の紙を取り出し、ガマガエル男に見せる。

「このとおり、あなたが罪を犯した場合、取り調べの全権を一任されているわ。まさか、使うとは思わなかったけど」

エレローラさんが出した紙を見て、表情を変えるガマガエル男。

「あれは息子が……」

「同じことよ。息子がミサーナ・ファーレングラムを攫った事実は変わらない。それはあなたも認めている。だから、この屋敷を隅から隅まで調べさせてもらうわ。あなたが国王陛下に知られたらマズイことをしていなければ、なにも問題はないわ」

　エレローラさん、完全に怒っている。

「ふざけるな！　誰か俺を助けろ！　金なら出す！　この女を殺せ」

　使用人全員がガマガエル男を無視するように視線を合わせようとしない。

　こんな状況でガマガエル男の命令を聞く者は誰もいなかった。

211 クマさん、子供たちを救出する

ガマガエル男に子供の居場所を尋ねても、口を開こうとしない。

エレローラさんは怒っていたけど、捜す方法はいくらでもある。

探知スキルも、くまゆるとくまきゅうの力もある。わたしが捜すよと言おうとしたとき、20歳前後の髪の短いメイドさんが小さく手を挙げる。

「子供たちの居場所はわたしが知っています」

「ルーファ!」

ガマガエル男がメイドさんを睨みつける。

でも、すぐにエレローラさんがガマガエル男に水をかけて黙らせ、ルーファと呼ばれた女性に話しかける。

「あなた、子供たちの居場所を知っているの?」

「はい。子供たちの食事の用意はわたしがしていました」

「ルーファ、俺を裏切ったらどうなるか分かっているのか!」

「これ以上、罪を犯すのはやめてください。わたしも罪を償いますので」

「ふざけるな。貴様の消えた親の借金を誰が払ったと思っている」

「ガジュルド様です」

「なら！」

ガマガエル男が叫ぼうとした瞬間、エレローラさんが再度水をかけ、ガマガエル男を黙らせる。

「ランゼル、口を塞いでちょうだい。うるさいし、口が臭くて堪らないわ」

「エレロー……！」

ランゼルさんは言われるままにガマガエル男の口を布で塞ぐ。

「えっと、ルーファだったかしら。ガジュルドのことは気にしないでいいから、子供たちのところに案内してもらえるかしら」

「はい」

エレローラさんは周りを見渡したあと、ランゼルさんを見る。

「ランゼル。使用人たちから、ここにいない使用人の人数と名前を聞き出しておきなさい。そして、クリフたちが来たら、ここを彼に任せて、あなたたちは屋敷の探索に行って、残りの使用人を捜しなさい」

エレローラさんは指示を出し終わるとわたしのほうを見る。

「ユナちゃん。悪いけどわたしに付き合ってもらえる？」

別に構わないので頷く。

「それとくまゆるちゃんとくまきゅうちゃんの、どちらか片方を見張り役に残してもらえると助かるんだけど」

「それじゃ、くまゆる。見張りをお願いね」

くまゆるは「くぅ～ん」と鳴いて返事をする。

「ミサーナは」

「ユナお姉さまと行きます」

ミサはわたしに抱きつく。

「……ユナちゃんから離れちゃダメよ」

ミサの面倒をわたしに押しつけるエレローラさん。別に構わないけど。わたしはミサを抱き上げると、くまきゅうの背中の上に乗せる。

「ここなら安全だからね。降りちゃダメだからね」

ミサはくまきゅうにしっかりと摑まる。

「おとなしいクマですね」

ルーファさんがミサを乗せているくまきゅうを見て驚いている。だけど少し怖がっているようにも見える。

「危害を加えようとしなければ襲いかかったりはしないよ」

「そんな怖いことはいたしません」

そんなに怖がらなくて大丈夫なのに。

ルーファさんを先頭に歩き始め、エレローラさん、わたし、くまきゅうに乗ったミサと続く。

クリフやグランさんのお屋敷も広かったけど、このお屋敷も広いね。こんなに部屋が必要なものなのかといつも思ってしまう。

「子供なんて攫って犯罪にはならないの？」

「今回は契約書があるみたいだからね」

「それじゃ、無罪放免？」

「う～ん、微妙なところね。もちろん、わたしから見れば犯罪よ。でも、法的に契約書があれば犯罪にはならない場合があるわ。実際に大金を貸すとき、お金を持って逃げると思われると困るから、子供を預けさせる商人もいるわ」

つまり、お金になるものを預ける代わりに子供を預けるってこと？　それは人質ということだ。

酷い気がするが、元の世界でも昔なら、どこでもあった話だ。

「でも、なかにはガジュルドに逆らって拉致された子もいるからね。完全に無罪になることはないと思うわ。それにしても、ユナちゃんに関わったガジュルドも運がなかったわね」

なに、わたしに関わったことが運がなかったって？　まるで、わたしが現れたせいで、ガマガエル貴族が崩壊したみたいに言っているけど。

「自覚がない顔をしているわね。ユナちゃんが王都に行ってゼレフを連れてこなかったら、グランお爺ちゃんのパーティーは失敗に終わっていたわ。そして、ミサが攫われることもなかったはず。そうなればユナちゃんがサルバード家に殴り込みすることもなかった。殴り込みをしなければこんな状況にはなっていなかったわ。さらに言えばユナちゃんが王都に来なければわたしはここにいなかった。全部ユナちゃんと繋がっているのよ」

そう言われると全てわたしと繋がっている。

「でも、そうなるとミサがわたしに誕生日パーティーの招待状を送ってくれたおかげだね」

エレローラさんの言葉どおりなら、わたしの行動でミサが攫われることになった。でも、わたしがいなくても、パーティーが成功していたらミサが攫われた可能性は十分にある。逆にパーティーが失敗していたら、ミサは貴族でいられなくなっていたかもしれない。だから、わたしがここにいてよかったと思う。そう考えると出会いって大切だね。

「ルーファさんはどうして、ここで働いているの？」

ルーファさんはとても真面目そうに見える。なのにガマガエル男のところで働いているのが疑問に思えたので尋ねてみた。

「わたしの父が残した借金のため、働かせてもらっています」

「借金？」

「わたしの父は商人でした。商売をしていた父は大きなお金が必要になりました。そこで、ガジュルド様にお金を借りたのですが、商売に失敗して多額の負債を抱えてしまいました。それで、ガジュルド様は父が逃げないようにわたしの市民カードを取り上げました。わたしは人質です。父は一生懸命に働きましたが、返せる金額ではありませんでした。ある日父は、他の街に買い出しに行ったまま、この街に戻ってくることはありませんでした。それでわたしは、父の代わりに借金を返すためにここで働くことになりました」

今、聞き捨てならないことを聞いた。

「エレローラさん、市民カードを取り上げるって」

「ユナちゃんも分かると思うけど、市民カードやギルドカードは街を出たり入ったりするのに必要よ。それを取り上げられてしまっては、街から出ることができなくなるわ」

「でも、再発行できますよね」

「普通はね。でも、貴族であるガジュルドによってカードの再発行をさせないように圧力をかけられたら、街から逃げ出すことはできない。ガジュルドはそれだけの力を持っているわ」

「それはしかたないことです。父は借金を返さずに逃げたのですから。わたしを逃がさないようにするのは普通だと思います」

「でも……」

「父に商才がなかっただけです」

ハッキリとルーファさんは答え、周囲は静かになる。エレローラさんとルーファさんの歩く音だけが聞こえる。

わたしの足音はクマの靴のおかげでしない。くまきゅうの足音？　聞こえないね。くまきゅうの足はどうなっているのかな？

ルーファさんはお屋敷の裏口らしき場所から外に出ると、小さな物置小屋みたいなところに、わたしたちを案内する。

「ここから地下に行く階段があります。そこに子供たちがいます」

ルーファさんがドアの鍵を開けて小屋の中に入ると、床に下に続く階段がある。

くまきゅうも通れるほどの幅はあるのでミサも一緒についてくる。

「地下牢？」

「はい。わたしも入っていたことがあります」

階段を下りて通路に出ると左右にドアが続く。

だいたい6つぐらいの部屋があるみたいだ。そのうちの一つのドアの前でルーファさんが止まる。

「こちらです」

ルーファさんが鍵を開ける。隙間から覗（のぞ）き込むと5、6歳ぐらいの男の子が2人と10歳ぐらいの女の子がいる。

「ルーファさん？」

最年長の女の子が尋ねる。

「みなさん、迎えが来ましたから、外に出られますよ」

「外に出られるの？」

「はい」

「殴られたりしない？」

「しませんから、大丈夫ですよ」

子供たちの言葉にエレローラさんとわたしが反応する。

「わたしはエレローラ、あなたたちのお父さんに頼まれて迎えに来たのよ」

エレローラさんが子供たちに優しく説明する。

でも、子供たちはエレローラさんではなく、エレローラさんの後ろにいるわたしに目を向けているように見える。

「クマさん？」

子供たちはわたしのほうに近寄ってくる。必然的に部屋から出ることになって、くまきゅうに遭遇することになる。

「……っ！」

尻餅をついて驚く子供たち。女の子が小さな男の子を守るように前に立つ。

でも、すぐにくまきゅうに乗っているミサに気づく。

「クマの上に女の子が……」

「怖くないですよ。くまきゅうちゃんは優しいよ」

ミサはくまきゅうに抱きついて子供たちを安心させる。

「みなさん、このクマに危険はありませんから大丈夫ですよ」

ミサの行動とルーファさんの言葉で3人は少しだけほっとした表情を浮かべている。

「それじゃ、みんな。クマさんに乗ってここから出ようか」

わたしはそう言うと、子供たちをくまきゅうに乗せてあげる。でも、子供でも流石(さすが)に4人は乗れないので、少し年かさのミサと女の子には歩いてもらい、幼い男の子2人を乗せてあげることにした。初めは怖がっていた子供たちもミサの言葉や行動で安心して、くまきゅうに乗る。乗れば楽しそうにする。帰りはくまきゅうを先頭に歩きだす。

後方でルーファさんがエレローラさんに耳打ちするのが聞こえた。

「あとで他の部屋を確認してください。鍵はガジュルド様のお部屋にあると思いますのでお捜しになってください。ただ、そこに子供たちは絶対に連れていかないでください」

気になったが、ろくでもなさそうと分かったので、聞き流すことにした。

212　クマさん、ミサを救って戻ってくる

「馬車が必要になるから準備をしておけ！」

子供たちを連れて一階のフロアに戻ってくると、クリフが周りに指示を出している姿があった。

「やっと戻ってきたか」

わたしたちを見つけるとクリフがこちらにやってくる。クリフの顔には少し疲労が見える。わたしは子供たちをくまきゅうから降ろして、ミサに子供たちをお願いする。

「クリフ、来ていたのね」

「ああ、少し前にな」

クリフはエレローラさんに返事をして、ミサのほうに視線を向けてからわたしのほうを見る。

「ユナ、ミサーナを助けてくれてありがとうな。これでグラン爺さんたちも安心するだろう」

「ノアのほうは大丈夫？」

フィナは目を覚ましたけど、わたしが飛び出したときはノアはまだ目を覚ましていなかった。

「大丈夫だ。あれからすぐに目を覚ました」

ノアも無事に目が覚めたようでよかった。これで心配ごとが一つ減った。

「そういえば、グランさんはいないの？」

わたしは周りを見回すが、グランさんの姿は見えない。孫が攫(さら)われたんだ、真っ先に駆けつけるかと思ったんだけど。もしかして、ミサを捜すために屋敷の中を見回っているのかな？

でも、クリフの返答は違った。

「グラン爺さんはおまえさんのせいで住民に捕まっている」

「わたしのせい？」

グランさんがいない理由が、わたしのせいって、意味が分からないんだけど。

「ユナ、おまえさんは街中をクマに乗って走っただろう。それで住民が驚いて、いろいろと騒ぎになっていたんだ。そこに領主であるグラン爺さんが現れたんで、クマが現れたって住民がグラン爺さんを取り囲み始めたんだよ。兵士とか冒険者に退治を依頼しろとか騒いでな。グラン爺さんは、そんな興奮している住民を落ち着かせるために残った」

「確かにあの、クマに乗った鬼のような顔をしたユナちゃんを見れば、みんな驚くわよね」

エレローラさんは納得している。街ではそんなに大事になっているの？

もしかして、わたし、街の中を歩けない？　わたしピンチ？

わたしが落ち込んでいるとくまゆるとくまきゅうが擦り寄ってきて慰めてくれる。……

いや違う。くまゆるとくまきゅうはわたしに謝っている感じがする。

「別にくまゆるとくまきゅうのせいじゃないよ」

頭を優しく撫でてあげる。

「そうです。くまゆるちゃんもくまきゅうちゃんも怖くありません」

ミサはくまきゅうを抱きしめる。

「まあ、そんなわけでグラン爺さんはしばらくは来られない」

でも、これってわたしたちのせいじゃないよね。これはミサを攫ったガマガエル貴族が悪いんだよね。攫ったりしなければ、怒ったわたしがくまゆるとくまきゅうを連れて街の中を走ることもなかった。

だから、わたしは悪くない。

だけど、しばらくはシーリンの街の中を歩けないかも。

「それでクリフ、話はどこまで聞いた？」

「途中で会ったミッシェル、ここでランゼルからある程度は話を聞いた。ユナが暴れたことと、ミサーナを無事に助け出したこと、エレローラとユナが攫われた子供を捜しに行ったこと」

「とりあえず、子供たちは無事に保護できたわ。あとは商業ギルドに連絡をして、子供たちの家族に連絡をしないといけないんだけど、今はギルドマスターには会いたくないのよね」

たしか、ガマガエル男と商業ギルドのギルドマスターが繋がっているって言っていたっけ。

「なら、グラン爺さんの屋敷でいいだろう。グラン爺さんと懇意にしている商人なら、連絡先ぐらい分かるだろう」

「確かにそうね。一度、グランお爺ちゃんのところに連れていったほうがいいわね」

「今、馬車を準備させているから、ちょっと待ってくれ」

「気が利くわね」

「とりあえず、必要なことはしておいた。見張りはもちろん、馬車に、周辺の確認、ランゼルが使用人を捜しに行くというから、こちらからも数名探索に出しておいた」

おお、流石(さすが)領主様、仕事がテキパキしているね。

「でも、グランお爺ちゃんにいろいろと確認したいことがあったのに。クマ騒ぎで来られなくなるなんて思いもしなかったわ」

チラッとわたしのほうを見る。

だから、わたしのせいじゃないって。

緊急事態だったし、悪いのはミサを攫ったガマガエル貴族だ。

「グラン爺さんから警備兵は借りてきた。できるところからやればいいだろう」

「そうね。使用人を全て集めたら、一人ずつ事情聴取。そのあとに各部屋の確認。やることはたくさんあるわね」

「それなら、事情聴取のほうは俺がしておく」

「ありがとう。それじゃ、わたしは部屋を調べに行かせてもらうわ」

エレローラさんの発言でガマガエル男がウーウーと唸（うな）り、顔を真っ赤にさせる。よほど、見られたくないものがあるみたいだ。エレローラさんはそんなガマガエル男を無視してわたしに話しかける。

「ユナちゃんは馬車が来たら子供たちをグランお爺ちゃんのお屋敷に連れていってあげて。ミサーナも早く家族と会いたいだろうし、安心させてあげて」

わたしがここにいても手伝えることはないので了承する。

それから、すぐに馬車が用意され、わたしは子供たちと一緒に馬車に乗ってグランさんのお屋敷に戻ることになる。

クリフ曰く、「おまえさんを見て住民が騒ぎ出す可能性があるから、クマたちは戻して一緒に馬車に乗っていけ」とのことだ。

確かにクリフの話を聞く限りだと騒ぎになりそうだ。

馬車でグランさんの屋敷に帰ってくると、ミサの母親が泣きながら出迎えてくれた。泣いている母親を見てミサも一緒に泣きだす。

その横では父親のレオナルドさんが嬉しそうに母娘を見ている。そして、わたしのところにやってくる。

「ユナさん。このたびは娘を助けていただきありがとうございます」

「間に合ってよかったよ」

「ユナさんには感謝しきれません。初めてユナさんの格好を見たときは驚きましたが、父はユナさんなら大丈夫だと言っていました」

「本当に娘を救い出してくれてありがとうございます」

ミサに抱きつかれている母親も礼を言う。わたしはエレローラさんとクリフに頼まれたことをレオナルドさんに伝える。

「あの子たちの家族に連絡をしてもらえますか？」

「あの子たちは？」

「ミサ同様に攫われた商人の子供だよ。グランさんなら、親御さんを知っているはずだからって」

「分かりました。すぐに確認をいたしましょう」

レオナルドさんは子供に近寄って名前を尋ねる。わたしは無事にミサを送り届けたので、フィナたちがいる部屋に向かう。もしかすると2人は寝ている可能性もあるので、静かにドアを開ける。部屋の中からノアの声が聞こえてくる。

「もう、大丈夫ですよ」

「なりません。ちゃんと寝ていてください。わたしがクリフ様に叱られます」

「でも、ユナさんが帰ってきたんでしょう？」

「そのようですが、ノアール様とフィナ様は安静にしてもらうように言われています。ノアール様もフィナ様みたいに静かに寝ててください」

部屋の中ではノアとメーシュンさんがベッドの側で言い争っていた。

「ノア、元気そうだね」

「ユナさん！」

「ユナお姉ちゃん！」

2人はベッドから飛び出してわたしのところに駆け寄ってくる。

「ノアール様！　フィナ様！」

ノアたちの後ろでメーシュンさんが叫ぶ。

「2人とも寝ていなくて大丈夫なの？」

「わたしは大丈夫です」

「はい。わたしも大丈夫です」

2人とも元気そうでよかった。

「それでユナさん。ミサは？」

「ちゃんと助けたから傷一つないよ」

確認はしていないけど。たぶん、傷はないはず。

「だから、安心していいよ」

2人は相当ミサのことを心配していたらしく、安堵の表情を浮かべる。わたしたちが話していると、ミサが部屋にやってきて無事な姿を2人に見せてくれる。

「ノアお姉さま、フィナちゃんも心配かけてごめんなさい。それから、わたしを助けようとしてくれてありがとう」

「姉であるわたしが妹を助けるのは当たり前です」

「ミサ様はお友達です」

「ありがとう」

ミサは満面の笑みで微笑み、ノアとフィナに抱きつく。

ミサは数分ほど会話すると部屋から出ていった。今日は心配させた母親と一緒にいるそうだ。

夕食どきになるとゼレフさんが美味しい料理を振る舞ってくれる。でも、夕食の時間になってもクリフやエレローラさん、そしてグランさんは戻ってこなかった。

翌朝、朝食をとるために食堂に向かうとグランさんはいたが、クリフやエレローラさんの姿は見えない。グランさんには会って早々に昨日のお礼を言われる。

「無事でよかったよ」

本当にミサが無事でよかった。それだけで十分だ。

「グランお爺さま、お父さまとお母さまは？」

ノアが両親のことを尋ねる。食堂に来る前に隣のクリフの部屋をノックしたが反応はなかった。もしかして、食堂にいるかと思ったがいなかった。

「まだ、仕事をしておるよ」

2人は昨日は帰ってこなかったそうだ。

グランさんは年寄りだから帰されたと文句を言っている。

「徹夜の一日や2日、わしだってできる」

と言うが一生懸命にミサの両親が止めていた。

「それに戻ってきたのは、ユナにお礼とお願いをしないといけないことがあってな」

「わたしに？」

「ユナ、悪いがしばらくはそのクマの格好で外を歩かないでもらえないか？」

グランさんがそんなことを言いだした。

213 クマさん、クマを怖がらない方法を考える

「おまえさんのクマに驚いた者がいてな」

クリフから聞いていたけど、ミサを助けに行ったときの姿を街の人に見られ、くまゆるとくまきゅうが少しばかり恐怖心を与えてしまったようだ。その上に乗っていたわたしも見られているので、おとなしくしていてほしいそうだ。一応、危険がないことは伝えてくれたようだけど、混乱を避けたいという。

「それじゃ、クリモニアに帰るまで部屋に引きこもっているよ」

元引きこもりを甘く見ないでほしい。

テレビやパソコン、ゲーム、漫画、小説などの娯楽がなくても数日ぐらい過ごすことはできる。寝て過ごせばいいかな。

「うぅ、わたしのせいで、ごめんなさい。くまゆるちゃんもくまきゅうちゃんも助けにきてくれただけで、怖くないのに」

わたしがまったり計画を考えていると、ミサが自分のせいだと言って、謝罪する。

「ミサは被害者で、なにも悪くないよ。悪いのはミサを攫ったサルバード家だよ」

全部、ミサを攫ったガマガエル男とバカ息子が悪い。

「でも……」

「わたしがしばらく外に出なければいいだけだよ」

「それじゃ、いつまでも、ユナお姉さまとくまゆるちゃんとくまきゅうちゃんが怖がられたままです」

「今後、街に近づかないようにすれば、大丈夫だよ」

「そんなの嫌です！」

わたしの言葉にミサが叫ぶ。

「ユナお姉さまにはまた街に来てほしいし、くまゆるちゃんもくまきゅうちゃんも怖がられずに街の中を歩いてほしいです」

ミサが泣きそうな顔になる。

「くまゆるちゃんもくまきゅうちゃんも怖くないです。とっても優しいクマさんです」

「ミサ……」

わたしは嫌われるのは平気だ。言いたい者には言わせておけばいいし、絡んでくるなら対処をするだけだ。だから、くまゆるとくまきゅうが怖がられるなら、街に近づかなければいいと思った。でも、ミサの気持ちを考えると、それではダメな気がした。このまま街を出ると、自分のせいでくまゆるとくまきゅうが怖がられ、わたしたちが街に近づかなくなれば、ミサの心にトラウマを残すことになる。それでなくても、ミサの心には攫われた恐怖が残っている。ミサのためにどうにかしてあげたいけど、今回は難しい。

「お祖父さま。街のみなさんには説明はしたのですよね」

「もちろん、ユナのクマが安全なことは説明した。わしの知り合いだから大丈夫だとも説明した。人を襲ったりはしないと。でも、わしの言葉でも限界はある」

「お祖父さまの言葉でもダメなんですか？」

「目の前に狂暴なドラゴンが現れて、国王陛下がドラゴンに近寄っても安全だとおっしゃっても、信じられないだろう？　それと同じじゃよ」

まあ、簡単には信じられないだろう。

たとえ、大統領や首相が大丈夫と言おうが怖いものは怖い。

でも、なんでたとえがドラゴンなのかな？

「くまゆるちゃんとくまきゅうちゃんは怖くないです……」

ミサはグランさんの言葉を否定する。

「くまゆるちゃんとくまきゅうちゃんが、怖くないってことを知ってもらえればいいんですよね。それなら、ミサがやったのと同じことをすればいいんじゃないですか？」

ノアがなにかを思いついたようだ。

「わたしがやったことですか？」

「うん。ミサは助けた子供たちにくまきゅうちゃんが怖くないって証明するために、くまきゅうちゃんを抱きしめたんでしょう？」

「はい。くまきゅうちゃんを怖がっていたので、怖くないって証明するために、抱きついたり、撫でたりしました」

「だから、わたしたちがくまゆるちゃんとくまきゅうちゃんに乗って街を歩けば、怖くないって知ってもらうことができると思うんです」

「つまり、ノアたちがくまゆるとくまきゅうに乗って、街の中を歩くってこと？」

「はい、そうです。わたしたちみたいな女の子がくまゆるちゃんとくまきゅうちゃんに乗れば、街の人たちも怖がらないと思います」

「冒険者が討伐に来たりしないかな？」

「わたしたちが乗っているから大丈夫です」

「わたしがくまゆるちゃんとくまきゅうちゃんを守ります」

「わたしも」

チビッ子3人がくまゆるとくまきゅうのために一生懸命になってくれる。

確かにクマの上に子供が楽しそうに乗っていたら、攻撃なんて仕掛けてこないよね。

「分かったよ。それじゃ、やってみようか」

わたしはみんなの思いを受け取るため、ノアの提案を呑むことにした。それでミサの心が救われれば安いものだ。

「それなら、わしも一緒に行こう」

「お祖父さまもですか？」

「わしもいれば説得力が増すじゃろう」

「でも、お祖父さま、時間はあるのですか？　忙しいのでは？」

「確かに忙しいが、嬢ちゃんにはミサを救ってもらった恩がある。このまま街から帰したのでは、わしの気持ちが収まらない。ただ、いろいろとやることは残っているから、明日でいいか？」

「はい！　お祖父さま、ありがとうございます」

ミサは嬉しそうにする。

それから、部屋に戻ると、どのようにくまゆるとくまきゅうと歩くか、チビッ子3人はミニ会議を始める。

「それじゃ、他にもなにか、くまゆるちゃんとくまきゅうちゃんが怖がられない方法がないか、考えましょう」

ノアがクラス委員長のように仕切り始める。ミサとフィナはノアの前に座り、ノアの話を聞いている。

「街の中を歩くだけじゃ、ダメなんですか？」

「それだけだと、物足りない気がするんです」

歩くだけじゃ、そうかな？

「フィナはいい考えはない？　わたしより、くまゆるちゃんとくまきゅうちゃんと長くいるでしょう？」

　ノアが黙って聞いていたフィナに尋ねる。確かに3人の中ではフィナが一番くまゆるとくまきゅうと一緒にいる時間が長い。

　フィナは少し考えて案を出す。

「くまゆるとくまきゅうと一緒に遊ぶのはどうですか？　わたしたちが一緒にくまゆるとくまきゅうと遊べば危険がないって分かってもらえるかも」

「そ、それです！　くまゆるちゃんとくまきゅうちゃんと一緒に遊べて一石二鳥です」

　フィナの案にノアが大声をあげる。

　確かにクマさんと小さな子供が遊ぶ姿を見れば、安心度は上がる。上がるかな？　元の世界だったら、クマと一緒にいたら、ハラハラしたり、「離れなさい！」って叫ばれるかも？

「でも、どんな遊びをしますか？」

「普通に背中に乗ったり？」

「それだと、なにか物足りないです。ユナさん、くまゆるちゃんとくまきゅうちゃんはなにかできますか？」

　黙って3人の話を聞いていたら、わたしに話が飛んできた。

「なにかって、ある程度のことはできると思うよ。でも、小さくなれることは秘密だよ」

「う〜ん、それじゃ、どうしましょうか？」

「普通に話しかければ、いいんじゃないですか？」

「話しかけるだけですか？」

フィナの言葉にノアが首を傾げる。

「はい、普通のクマなら話しかけても言葉は通じませんが、くまゆるとくまきゅうには通じます」

「そうです！　くまゆるちゃんとくまきゅうちゃんは、普通に理解してくれていたので、忘れていました」

いや、そこは忘れちゃダメでしょう。同じように野生の熊に話しかけても、理解してくれないよ。……たぶん。

わたしの脳裏に蜂の木にいる熊たち親子が思い浮かんだ。

あれはくまゆるとくまきゅうが通訳をしてくれたから、理解してくれただけだ。

「ユナさん、くまゆるちゃんとくまきゅうちゃんとお話がしたいです。召喚してくれませんか？」

もう、クマと話すって時点で凄いことだよね。

わたしがノアの前に子熊化したくまゆるとくまきゅうを召喚すると、ノアたちは、くまゆるとくまきゅうと話し合いを始める。

「それじゃ、くまゆるちゃんには……」

「くまきゅうちゃんには……」

「こんなことはできますか？」

「くぅ～ん」

「それならこれは？」

「くぅ～ん」

女の子とクマが会話するって、なんともシュールな光景だ。

はたから見たら、わたしもクマに話しかける女の子として、こんな風に見えるのかな？

でも、くまゆるとくまきゅうとフィナたちが楽しそうに会話をしているのを見ると和む。

ノアの言うとおり、クマと女の子が仲良くしている姿を見ると恐怖心はなくなるかも。

それにしても、ミサに笑顔が戻って本当によかった。救出したときは泣いていた。救出後も不安そうにしていた。そして、自分のせいでくまゆるとくまきゅうが怖がられていることに悲しんでいた。でも、今はそのくまゆるとくまきゅうのために一生懸命に考え、楽しそうにしている。

そんなことを思っているとノアがわたしのほうを見る。

「ユナさんもアイデアを出してくださいよ。みんなにくまゆるちゃんとくまきゅうちゃんが安全だと知ってもらうんですから」

「はい、ユナお姉さまも一緒に考えてください」

「ユナお姉ちゃんも一緒に」

「くぅ～ん」

「くぅ～ん」

5人に誘われたわたしはみんなの輪の中に加わることになった。

会議を終えると、クリフとエレローラさんが戻ってきており、一緒に昼食をとることになった。

「なんだ。おまえとノアが遊ぶのか?」

ノアの話を聞いたクリフが笑いだす。

「わたしじゃないよ。くまゆるとくまきゅうだよ」

「どっちもクマなんだから、同じようなものだろう」

どこが同じなのよ。全然違うでしょう。

エレローラさんも「そうね」とか言って笑っているし。

どうやらこの夫婦は、2人揃って目が悪いみたいだ。

「でも、くまゆるちゃんたちと一緒に遊ぶところを見せるなんて、よく考えたわね」

「フィナのアイデアです。でも、どんな遊びをするかはみんなで考えたんですよ」

「あら、それなら見にいかないといけないわね」

「本当ですか!?」

ノアは嬉しそうにするが、見に来なくてもいいよ。

今、クリフたち忙しいんだよね。大変なことになっているんだよね。そんな暇はないんだよね。あんなことがあったばかりだよ。

「忙しくないの？」

わたしは「来なくてもいいですよ」という意味を込めながら尋ねる。

「少しぐらいなら時間はあるわ」

「それに息抜きは必要だ」

エレローラさんは微笑み、クリフは楽しそうな表情をする。

そして、その話を聞いたミサの両親も来る気満々になった。

子供の学芸会を見るみたいになりつつある。あれだけの大騒ぎになって、忙しいのにいいのかな？

わたしはフィナのほうを見る。フィナだけ両親がいないのは可哀想(かわいそう)だ。

「えっと、ティルミナさん、呼ぶ？」

「呼ばないでいいです。恥ずかしいです」

フィナは全力で断った。

214　クマさん、くまさんイベントをする

翌日、くまゆるとくまきゅうと街の中を散歩して、ちょっとしたイベントをすることになった。

予定は次のとおりになる。

まずはグランさんの家をくまゆるとくまきゅうに乗ったわたしたち4人が出発する。それだけだと、まだ住民を不安がらせるかもしれないので、グランさんも一緒に行動して、さらに安心させる。

クリフやエレローラさん、ミサの両親は後から出発する。

そして、街のメイン通りを通って、広場に向かい、そこでフィナたちがくまゆるとくまきゅうと遊んでみせて、安心させることになった。

ちなみに、広場はグランさんによって、すでに場所を確保してあるそうだ。

まあ、広場に行って、くまゆるとくまきゅうと遊ぶ場所がなかったら、計画が失敗してしまうからね。

わたしはくまゆるとくまきゅうを召喚する。くまゆるにはわたしとフィナ。くまきゅうにはノアとミサが乗る。そのフィナたちの格好だけど、お店の「くまさんの憩いの店」のクマの制服を着ている。昨日、話し合っているときに、ノアがこんなことを言いだしたからだ。

「ユナさん、『くまさんの憩いの店』の服を持っていませんか？」

「お店の服？　どうして」

「みんなでクマさんの格好をしませんか？　たぶん、ユナさんも一緒にいると、どうしてもユナさんに視線が集まってしまうと思うんです。そうなると、わたしたちが一緒にいる意味が薄くなってしまうかと。だから、わたしたちもクマさんの格好をすれば、ユナさんだけが目立つことはなくなると思います」

ノアの言うとおりかもしれない。ノアたち子供が目立たないと意味がない。でも、わたしが一緒にいれば、わたしに視線が集まる。でも残念ながら、お店のクマの制服は持っていない。

「ごめん。持っていないんだ」

「そうなんですか」

ノアが残念そうにする。すると、話を聞いていたフィナが口を開く。

「お店の制服なら、わたしが持っています」

「本当ですか！」

「でも、みんなの分は……」

「一応、みんなの分もあります」

フィナはアイテム袋から、「くまさんの憩いの店」のクマの制服を3着出す。

「でも、どうして3着も持っているの？」

「普段は予備を入れて2着なんです」

「それじゃ、もう一着は？」

「シュリの予備です」

それをフィナが預かっていて、そのまま持ってきてしまったそうだ。

「サイズは？」

「サイズなら大丈夫です。シュリのもわたしと同じサイズです。シュリには少しだけ大きかったけど、そのまま着てました」

まあ、シュリは成長期だからね。それなら、サイズの心配は大丈夫かな。3人ともあまり変わらない。ミサが少し小さいぐらいだ。けど、シュリが着られるなら、大丈夫かな。

そんなことがあって、3人はお店のクマの制服を着ている。

「それじゃ、出発しましょう！」

ノアの掛け声によって、出発する。

クマの格好をした4人がくまゆるとくまきゅうに乗って街を歩く。クマの上にクマの格好をした女の子が乗って街の中を歩けば、注目もされ、人が集まってくる。

「皆さん、見てます」

わたしと一緒にくまゆるに乗っているフィナが恥ずかしそうにする。

それに引き換え、くまきゅうに乗っているノアとミサは愛想よく手を振って、楽しそうにしている。流石（さすが）というべきか、一般人のわたしやフィナとは違う。

異世界に来て、クマの着ぐるみの格好で街や王都を歩いているが、いまだに人の視線に慣れることはない。恥ずかしさがある。

でも恥ずかしさを無くしたら、女の子として終わりな気がする。

子供なら許されるが大人のわたしは最後の砦（とりで）、羞恥心（しゅうちしん）は捨てていない。

……捨ててないよ。

ノアたちの楽しそうな笑顔と、一緒にいるグランさんのおかげで、くまゆるとくまきゅうが歩いても大騒ぎになっていない。

ゆっくりと街を歩き、広場までやってくると、わたしたちはくまゆるとくまきゅうから降りる。

集まってきたお客様？　街の人たちは、わたしたちを囲んで円になるように集まりだす。

人の誘導は広場で待機していたグランさんの家の使用人たちが行う。そんな使用人たちの指示に住民たちは素直に従う。よく見ると、人を誘導している中に冒険者のマリナたちまでいる。わたしと目が合う。

「楽しみにしているよ」

と、一言だけ言葉をかけてくると仕事に戻っていく。

縄が張られ、中に入れないようになり、即席の観客席が作り上げられる。

住民たちの顔には不安、恐怖、期待、楽しみ、いろいろな表情が見える。

その中にはクリフやエレローラさん、ミサの両親の姿もある。

準備もできあがり、グランさんがみんなの前に出る。

「今、街で騒ぎになっているクマだが、孫娘の誕生日パーティーに呼ばれたクマだから安心してほしい。先日は急ぎの用があったため、あのような騒ぎになったが、このクマは人を襲ったりはしない。今日はそのクマと娘たちが一緒にいろいろとするので見ていってほしい」

グランさんは一礼をすると下がり、わたしたちと場所を代わる。

まずは簡単なところから始める。クマの格好をしたフィナとくまゆるが前に出る。

フィナの格好を見て、「可愛い」って声が聞こえてくる。その言葉が聞こえたのか、フィナは少し恥ずかしそうにする。でも、フィナは住民の前に立ち軽く一礼をすると、くまゆるのほうを見る。

「くまゆる、お手」

フィナが手を差し出すとくまゆるがその上に手を乗せる。それだけで客席が騒ぎだす。

「次は回って」

くまゆるはクルッとその場を回ると、さらに騒ぎが大きくなり、拍手が起きる。

もしかして、これだけで十分なんじゃない？

そう思わせるほど、客席はいい意味で騒いでいる。

次にミサとくまきゅうが登場する。ミサはサッカーボールほどの大きさのボールを持っている。

ミサはくまきゅうの正面に立つと、くまきゅうに向かって軽くボールを投げる。ボールは弧を描くようにくまきゅうに向かい、くまきゅうはボールをキャッチする。

その瞬間、拍手が起こる。

でも、これだけじゃない。

今度は、くまきゅうが両手を使って下投げでミサに向かってボールを投げ返す。受け取ったミサはまたくまきゅうに投げ返す。その繰り返しだけど、住民たちからはさらに拍手が起きる。最後にミサが高くボールを上げ、それをくまきゅうが頭に当てて、ミサに返して、終了となった。

もう住人の顔には恐怖心はなく、純粋に楽しんでいるように見える。

一番前に座っている子供たちは笑顔で拍手をして喜んでいる。

次にくまゆるに乗ったノアとくまきゅうに乗ったミサが登場する。わたしは土魔法で軽い障害物を作る。

くまゆるに乗ったノアは坂を越え、高台をジャンプで越える。ちなみに網は用意できなかったので、網くぐりはない。

ちょっとした旅芸人の気分だね。

くまゆるが障害物を越えるたびに拍手が起こる。その中にはエレローラさんの姿もあり、その隣ではクリフも嬉しそうにしている。ミサの両親も楽しそうに見ている。学芸会で子供が芸をするのを見て喜んでいる親のようだ。

それから、３人はリンゴを用意する。そして、くまゆるとくまきゅうから少しだけ離れ、リンゴをくまゆるとくまきゅうに向かって投げる。それをくまゆるとくまきゅうは口でキャッチして食べる。

そんななか、ミサがとんでもないほうにリンゴを投げてしまったりしたが、くまきゅうがジャンプして、口に入れる。そんな好プレーに喝采（かっさい）が起きる。

周囲を見ると、くまゆるとくまきゅうを怖がっている人は誰一人いなかった。

ここまでで十分にくまゆるとくまきゅうが安全だと分かってもらえたと思うけど。さらにダメ押しの作戦を実行する。

「誰かこの子たちに乗ってみませんか？」

ミサが客席に呼びかける真似をしながら、先頭に座っている子供を見る。

そして、2人の小さな男の子と女の子に声をかける。

「乗ってみない？」

男の子2人と女の子は顔を見合わせて小さく頷く。

周りにいる人たちは少し不安そうにするが、男の子たちと女の子は怖がらずにくまゆるとくまきゅうに近づく。そして、くまゆるとくまきゅうに触れると、3人はそれぞれにくまゆるとくまきゅうに乗る。

初めは不安そうに見ていた客席からも拍手などが起きるようになった。

ちなみに、男の子と女の子の正体は、先日、ガマガエル男の家から助けだした子供たちだ。昨日、お願いしておいた。いわゆる、サクラっていうやつだ。

そのサクラのおかげで、次の子供の指名もすんなりいき、くまゆるとくまきゅうに近寄ってくれる。

あとはくまゆるとくまきゅうとのふれあいイベントと化した。

しばらくして、終わりを告げると、くまゆるとくまきゅうと遊んでいる子供たちだけでなく、客席からも残念がる言葉が出る。ここまで残念がられるとは思っていなかったけど、ノアが予知していた。「そんなイベントをしたら、絶対にクマさんから離れない子がいます。わたしが保証します！」と言い切ったのだ。

確かにノアの言うとおりにくまゆるとくまきゅうから離れない子供が出た。

その対策として、くまゆるとくまきゅうと遊んでくれた子供たちに、優先的にプリンを配ることにした。一人が食べれば、他の子供たちも気になり、くまゆるとくまきゅうから離れて心はプリンに移る。

プリンをもらった子は一人で食べたり、親と一緒に食べたりしている。美味しいものを食べると幸せになるのは、どこの世界でも共通だね。

集まってくれた人たちの表情を見ればクマ事件ももう大丈夫かな？

街の中をくまゆるとくまきゅうを連れて歩くことはあまりないと思うけど。街までくまゆるとくまきゅうに乗ってきても、もう大丈夫そうだ。

そして、クマさんと遊ぼうイベントは大盛況のうちに終わることになった。

ちなみに、クリフやエレローラさん、ミサの両親は、途中で仕事に戻っていった。

忙しい中、来てくれただけでも感謝だ。

それとクマさんの制服だけど、ノアとミサが欲しがったのでプレゼントすることになった。あんなクマの制服をもらってどうするのかな。パジャマ代わりぐらいにしかならないと思うけど。

215 クマさん、クリモニアに帰ってくる

クリフの仕事も一段落したので、わたしたちはクリモニアに帰ることになった。

屋敷の前では見送りをしてくれる人たちが集まっている。

「ノア。久しぶりに会えて、嬉しかったわ」

「はい、わたしもお母さまに会えて嬉しかったです。お姉さまによろしくお伝えください」

エレローラさんは王都から監査官が来るまで残るそうだ。エレローラさんの仕事はやってきた監査官に引き継がれる。

そのあとにはグランさんも一緒に、ガマガエル親子とミサを攫った黒ずくめの男を連れて王都に行くことになっている。

サルバードの家の使用人たちは、この街で裁かれることになっているが、その判断は王都でガマガエル親子の処遇が決まってからになるそうだ。

気になるのは、捕らわれていた子供たちの居場所を教えてくれたメイドのルーファさんだ。エレローラさんの話では、その後も素直に話しているそうだ。

彼女もガマガエルの被害者の一人だ。だから、罪状が軽くなるといいんだけど。

でも、これぱかりはわたしが口を挟むことではないから、願うばかりだ。

エレローラさんはノアの頭を撫でると、次にわたしとフィナのほうを見る。

「2人ともノアのことをお願いね。少しわがままなところもあるけど、いい子だから」

わたしたちは頷く。ノアがいい子なのは知っている。平民であるフィナと仲良くしているのがいい証拠だ。たまにクマ関連で暴走することもあるけど、優しい子だ。

ノアは恥ずかしそうに「お母さま、やめてください」と言っている。

次にエレローラさんの隣にいるゼレフさんが声をかけてくる。

「ユナ殿、今回は貴重な経験をありがとうございました」

「なにか、大事になっちゃったけど」

「いえ、懐かしい友人に会うこともできましたから、来てよかったです」

そう言ってもらえると助かる。今回はゼレフさんにはいろいろと迷惑をかけてしまった。

「ただ残念なのは、帰りはくまゆる殿とくまきゅう殿に乗れないことです。もう一度、あの乗り心地を堪能したかったのですが」

ゼレフさんが本当に残念そうな顔をする。ゼレフさんはエレローラさんと一緒に馬車で帰ることになっている。それを聞いたゼレフさんはとても残念そうにしていた。今回はゼレフさんにお世話になったし、今度新しい料理を持っていってあげないといけないね。ゼレフさんに挨拶を終えると、最後にファーレングラム家一同が集まる。

「嬢ちゃん、今回はお世話になった。嬢ちゃんがいなかったら、わしたちの家は取り潰しになっていたかもしれない。ありがとう」

グランさんは頭を下げる。

「もう、何度も聞いたよ」

グランさんにもミサのご両親にも何度もお礼を言われた。昨日もお礼を言われている。

これが何度目のお礼か分からない。

お礼をしたいから、なにかしてほしいこと、欲しいものはないかと聞かれたが、ミサを救って、その家族からお礼をもらうのはなにかが違うと思う。わたしがミサを助けたかっただけで、お礼が欲しいからとか、仕事だからとかで助けたわけじゃない。

もしお礼をもらったら、あの怒りが、ミサを助けたいと思った気持ちが嘘になるような気がする。だから、お礼は言葉だけでいい。

「みんな、帰ってしまうんですね」

ミサが寂しそうにする。こればかりはしかたない。クリモニアがわたしたちの帰る場所だ。ミサは羨ましそうに横に立つ父親を見る。

「うぅ、お父さまはズルいです。わたしも一緒に行きたいです」

ミサの父親であるレオナルドさんは、わたしたちと一緒にクリモニアに来ることになっている。

それは今回の事件のことをフィナの両親に謝罪するためだ。本当は領主であるグランさんが謝罪に来る予定だったが、王都に行かなければならないので、レオナルドさんが来ることになったのだ。

フィナは「必要ありません」と断っていたが、最終的には断りきれずに押しきられた。その間に何度もわたしに助けを求める視線を向けてきたが、こればかりはわたしが口を挟むことではない。わたしもフィナを危険な目に遭わせたことをティルミナさんとゲンツさんに謝らないといけない。だから、グランさんやレオナルドさんの気持ちが分かるから、口は挟めなかった。

「フィナのご両親に謝罪しに行くだけだよ。すぐに戻ってくる。だから、今回はおとなしく待っていておくれ」

レオナルドさんは宥めるようにミサの頭に手を置く。

「今度はミサが遊びにきて。そしたらお店に案内するから」

「はい、必ず行きます」

クリモニアとこの街はそれほど離れていないので、行き来できない距離ではない。会おうと思えばいつでも会える。クマイベントのおかげで、次回来たときにわたしの姿を見られても騒がれることはなさそうだから、安心して来ることができる。でも、別の意味で騒がれそうだけど、それはしかたない。

一通りの挨拶をすませて、わたしたちはクリモニアに向けて出発する。

レオナルドさんとその護衛が一緒のため、帰りはクマハウスは使用しない。それはクリフにも話してある。

そして、道中は何事もなく、無事クリモニアに帰ってきた。かなりの期間、離れていた気がする。少し、懐かしく感じる。

街の中に入り、空を見ると、あと少しで日が沈みそうだ。今日はこのまま帰って風呂に入って寝たいところだけど、フィナを家に送り届けて、ティルミナさんにいろいろと報告をしないといけない。

ノアとクリフとは別れ、わたしとフィナ、そして、レオナルドさんの3人でフィナの家に向かう。

レオナルドさんは翌日の朝にフィナの家に謝罪に行くと言っていたが、朝はコケッコウの卵の仕事があるから、逆に迷惑になるとわたしが助言したことで、このまま一緒にフィナの家に向かうことになった。

もっとも、早朝だとわたしが付き合うのが面倒臭かったというのが一番の理由だ。

ティルミナさんにとっては、どの時間帯に行こうが、貴族が来れば驚かれてしまうには違いない。なら、ティルミナさんたちには悪いけど、早々に終わらせて、のんびりしたい。

「本当にいらっしゃるのですか？」

フィナが気が重そうな顔で尋ねる。ここまでレオナルドさんが来ているというのに往生際が悪い。貴族のレオナルドさんが自分の家に謝罪に来るのが嫌らしい。フィナの気持ちは分からなくもない。

わたしだって元の世界で、村長や町長ならまだしも、都知事クラスが家に謝罪にきたら困惑するかもしれない。自分と立場が違う人が来ればそう思う。

さらにこの世界では、平民と貴族とでは身分に開きがあるからしかたない。

でも、ここまで来てしまったんだ。諦めるしかない。

「ミサの大切な友人を大変な目に遭わせてしまいましたからね。しっかり謝罪をしないと父に叱(しか)られます」

「わたし、なんともないです」

「それとこれとは話が別ですよ」

フィナも諦めて家に向う。

「お母さんを呼んできます」

フィナは家に着くと、家の中に向かって「お母さん！　お母さん！」とティルミナさんを呼ぶ。ドアが開いているためティルミナさんの声も聞こえてくる。

「フィナ帰ってきたの？」「フィナ帰ってきたのか」「お姉ちゃん？」

ゲンツさんとシュリの声も聞こえるね。

「お母さん、外に来て。お母さんに会いたいって人がいるの」

まもなくして、フィナに連れられてティルミナさんとゲンツさんが家から出てくる。ゲンツさんは仕事は終わったのかな？

「ユナちゃん、お帰り。少し予定よりも遅かったのね。わたしに会いたいってユナちゃんなの？」

「わたしじゃないよ。ティルミナさんに会いたがっているのはこの人だよ」

わたしの後ろにいたレオナルドさんが一歩前に出る。

「ユナちゃん、そちらの方は？」

「シーリンの街の領主の息子さん。ミサのお父さんだよ」

「レオナルド・ファーレングラムです」

頭を下げるレオナルドさん。

「領主様の御子息？　ってことは貴族様？　どうして、ここに？」

ティルミナさんとゲンツさんが驚いている。やっぱり、貴族が家に来たら普通は驚くよね。

「まさか、娘のフィナがなにか失礼なことをしましたか？」

不安そうに尋ねる。まあ、貴族が家に来たらそう思うのかな。

「いえ、このたびは娘さんにご迷惑をおかけしたことを謝罪に来ました」

ティルミナさんが、どういうこと？　って感じでわたしのほうを見る。

わたしが説明しようとしたが、レオナルドさんが、それよりも早く口を開く。なので、わたしは補足をする感じで説明していく。

「娘が攫われたのですが、一緒に居合わせたお嬢さんが、身を挺して守ろうとしてくれました」

フィナを見るティルミナさん。

「そうですか。それでわざわざ、シーリンの街から。申しわけありません」

どう対応していいか、ティルミナさんとゲンツさんは困っている。家に上げていいものなのか、おもてなしをどうしたらいいか悩んでいる顔だ。たまにわたしのほうを見るがわたしもどうしたらよいか分からない。家に上がらせるべきなのか、このままでいいのか。それにレオナルドさんも謝罪をしたらすぐに帰ると言っていた。

でも、ティルミナさんでも困ることがあるんだね。テキパキと仕事をするイメージがあったから、こんなに困っているティルミナさんは珍しい。

もっとも、ゲンツさんはティルミナさん以上に困った顔をしている。一家の大黒柱が情けない。レオナルドさんからの謝罪も終わり、最後にお詫びの品を差し出される。

「今回はこのようなことがありましたが、今後とも娘の友人としてよろしくお願いします」

頭を下げるレオナルドさん。それに釣られてティルミナさんとゲンツさんも頭を下げる。

「では、わたしはこれで失礼します」

レオナルドさんはわたしのほうを見る。

「ユナさんも今回はありがとうございました」

「レオナルドさんは明日には帰るんですよね」

「はい。父は王都に向かいますから、わたしは早めに領地に戻らないといけません」

再び頭を下げて離れていく。今日はクリフの屋敷に泊まって、明日には帰るそうだ。本当はゆっくりしたかったらしいけど、流石にあれだけのことがあったので、すぐに戻らないといけないらしい。

「ふ～」

レオナルドさんがいなくなるとティルミナさんが息を吐く。

「驚いた。まさか、シーリンの街の貴族様が家に来るとは思わなかったわ」

「そうだな」

「お母さん、お父さん、ごめんなさい」

フィナが謝る。

「別に謝ることじゃないわ。フィナは友達を守ろうとしたんでしょう。でも、あまり心配させないでね」

怒らずにフィナの頭を優しく撫でてあげるティルミナさん。

「ユナちゃんもありがとうね。いろいろと娘がお世話になったみたいね」

「わたしもゴメン。フィナのことを預かっていたのに」

「気にしないでいいわよ。フィナのことを大切に思ってくれているのは知っているから。こうやって無事なんだしね」

ティルミナさんはフィナを自分のほうに抱き寄せる。

「お母さん、苦しいよ」

「久しぶりに会えたんだからいいでしょう」

「恥ずかしいよ」

微笑ましい光景だね。ゲンツさんは自分も交じりたそうにしているが我慢している。

そして、わたしが帰る旨を伝えると、

「それなら一緒にごはんを食べましょう。話を詳しく聞きたいし」

「久しぶりの親子の……」

団欒（だんらん）と言葉を続けようとしたがティルミナさんに遮られる。

「なに言っているのよ。そんなの気にしないでいいのよ。早く上がって」

わたしはティルミナさんに腕を引っ張られ、反対の手をフィナに掴まれる。抵抗もできず、家の中に連れていかれた。

216 クマさん、和の国からの荷物を受け取る

昨晩、フィナの家で食事をいただいたときに、ティルミナさんから、わたし宛の荷物がアンズの店に大量に届いていることを聞いた。ミリーラの町のジェレーモさんからだ。たぶん、前に頼んでおいた和の国からの荷物だ。今日はその荷物を受け取りにアンズのお店に行く。

アンズのお店の裏口から中に入る。

お店の2階はミリーラの町からきた、アンズ、セーノさん、フォルネさん、ベトルさんの4人が住んでいる。もう一人、ミリーラから来たニーフさんは孤児院で働くことになり、今は孤児院に住んでいる。

ドアを開けると、セーノさんがいた。店で働く、アンズの次に若い女性だ。明るい性格で、お店ではいつも笑顔で仕事をしている。

「あれ、ユナちゃん。どうしたの？」

「アンズいる？　ミリーラの町のジェレーモさんから荷物が届いているって、ティルミナ

さんから聞いたんだけど」

「ああ、あの荷物ね。でも、アンズちゃんなら、フォルネと食材を調べに出かけちゃったよ」

今日はお店の定休日だからいると思ったけど、入れ違いだったみたいだ。

アンズは休みになると食材を自分の目で確かめるために、市場に出かけることがある。

ちなみにもう一人のベトルさんは、孤児院に行ったそうだ。

「セーノさんはなにをしているの？」

「わたしは留守番だよ」

「それじゃ、どうしようかな」

「荷物なら、わたしでも分かるよ」

「本当？」

「アンズちゃんから、ユナちゃんが来たら渡すように頼まれたから」

「それじゃ、お願いしてもいい？」

セーノさんはわたしを倉庫に案内する。

「これが、ユナちゃん宛の荷物だよ」

倉庫の隅っこに木箱や麻袋が置かれていた。

荷物には「ユナちゃんの荷物」と可愛（かわい）らしい字で書かれていた。なんとも分かりやすい。

「あと、食べ物で傷むものは冷蔵倉庫のほうにしまってあるよ」

冷蔵倉庫のものは後にして、先に目の前の荷物を確認することにする。

わたしはまず麻袋を確認する。麻袋に入っていたのはお米だった。

「これ、全部わたしがもらっていいの？」

「全部ユナちゃんのだから、大丈夫だよ」

ありがたく、わたしはお米が入った麻袋をクマボックスにしまう。これで家でもお米が食べられるようになるね。

日本人だとお米が恋しくなるからね。

クマボックスにお米が入った麻袋をしまっていると、色違いの麻袋に気づいた。

「セーノさん、この色違いの袋は？」

「う～ん、確かお米の種類が違うって言っていたような」

セーノさんは少し考えながら答える。

「違うお米？」

「確か、アンズちゃんがもち米とか言っていたかな？」

「もち米⁉」

「わたしには同じお米に見えるんだけど、違うみたいだよ」

まあ、ぱっと見では、どっちもお米だ。見比べてみて、色の違いが分かる程度だ。お米の種類までは見ただけではわからない。

でも、これがもち米なら、嬉しいかも。

「ユナちゃん、分かるの？」

「一応ね」

もち米か～。もし本当にもち米なら、お餅が作れる。ちょっと楽しみかもしれない。

それから、他の木箱を開けると、瓶がいくつか入っている。

なにかな？

瓶の中を確認すると醤油が入っていた。その近くの小箱には海苔も入っていた。

これは間違いなく、わたしにお餅を食べろって言っているね。

それから、お茶の葉も見つける。

次に少し大きめな木箱を開けると綺麗な布が入っていた。

広げてみると、浴衣だった。それから、簪も見つかる。

やっぱり、和の国って日本と似た文化なのかな？

でも、浴衣なんて、小学校低学年のときに着たっきりだ。どうやって着るんだっけ？

テレビとかでも見たことはあるけど、うろ覚えだ。思い出しながらやれば着られるかな？

できればフィナに着せたいね。

花火でもあれば、みんなで着てもいいね。でも、花火ってあるのかな？　この世界って魔法があるから、そもそも火薬が使われているか疑問だ。

それなら花火を魔法で作れないかな？　火の魔法を空に打ち上げて、花火みたいに炸裂させるとか？　もしくは雷魔法？

今度、暇なときにでも試してみようかな。

あとはなにがあるかな？

これは短刀？

おお、カッコいい。ナイフや剣もいいけど。日本人なら、やっぱり刀だよね。

鞘（さや）から抜いてみると、綺麗な刀身だ。ミスリルナイフにひけをとらないほど綺麗だ。でも、これ高かったんじゃないのかな？

凄（すご）く嬉しい。

それから、ハンカチにリボン、綺麗な反物まである。

全ての箱に目を通したわたしは、箱ごとクマボックスにしまう。

倉庫の確認も終わり、次に冷蔵倉庫に向かう。

隣にある冷蔵倉庫に入ると、セーノさんは寒そうに体を震わせる。わたしは防寒性があるクマの服のおかげで大丈夫だ。見た目さえ気にしなければ寒くもなく、暑くもない、優れたクマ装備だ。

冷蔵倉庫の中にはお店で使用する野菜や飲み物が保管されている。ちなみに隣に冷凍倉庫もあって、そちらには冷凍された魚や肉が入っている。

「この棚にあるのがユナちゃんのだよ」

セーノさんが指す先には、醤油が入っていた陶器の瓶と同じものが並んでいる。なにが入っているのかな？

瓶の一つを手に取ってみる。瓶にはしっかりと封がされている。蓋を開けてみると、中には茶色い粘土みたいなものが入っていた。このにおいは、もしかして……。

「味噌だね」

後ろから覗き込んでいるセーノさんが、わたしが答えを出す前に教えてくれる。

そう、これは味噌だ。

つまり、味噌汁だ。味噌汁が作れる。

ごはんに味噌汁、目玉焼きに海苔。昔ながらの日本の朝ごはんがついに完成する。

早く味噌汁が飲みたい。お餅よりも間違いなく優先順位は高い。

隣の瓶も開けてみると、違う色の味噌だった。

おお、いろいろな味噌があるんだね。これは味噌汁を作るのが楽しみだ。

これで朝ごはんは完成のはずだけど、なにかが足りないような気がする。なんだろう。

喉まで出かかっているんだけど、出てこない。

次の瓶も味噌かと思って開けてみたら、口の中に酸味が広がり、口が尖（とが）る。においだけで唾液（だえき）が溜まる。

「梅干しだ。わたし、酸っぱいから苦手」

セーノさんが少し嫌な表情をする。

瓶の中に入っていたのは梅干しだった。なんともいえない懐かしい感覚だ。

セーノさんは梅干しを見て少し離れる。もちろん、日本人のわたしは大丈夫だ。日本にいたときも冷蔵庫には入っていた。

おにぎりの中に入れてもいいし、お茶もあるから、梅干しのお茶漬けにしてもいい。

梅干しのにおいを嗅いでいるだけで食欲が出てくる。

この感覚で思い出す。先ほど日本食に足りないと思ったのは梅干しだ。

さっそく、頭の中の献立に梅干しを追加しておく。

それにしても、これだけ日本の文化に似ている食材があるって、いつかは和の国に行きたいものだ。たぶん、他にもいろいろとあるはずだ。

苦労してクラーケンを倒したり、トンネルを掘ったかいがあったというものだ。労働した分はちゃんと戻ってきた。苦労は報われたね。

荷物を受け取ったわたしはウキウキ気分でクマハウスに帰ると、洗濯物をしまい、家の片付けをする。

それが終わると、少し早いが夕飯の下ごしらえを始める。もちろん、作るのは味噌汁。

しっかりと昆布で出汁を取り、具材の用意をする。ワカメなどはあるけど、豆腐がないことに気づく。和の国にあるのかな？　あったら、買っておきたいね。

今回の味噌汁の具はワカメ、大根、ニンジンなどで作る。少し味見するがいい感じだ。

ごはんも炊きあがり、お茶碗にごはんをよそう。お茶碗も荷物の中に入っていたので、さっそく使ってみた。最後にごはんの上に梅干しをのせる。

隣には味噌汁と焼き魚。もちろん、焼き魚には醤油をかける。最後に熱いお茶を用意する。

昔ながらの日本食が完成だ。

ここまでくると漬物も欲しくなるね。

「いただきます」

まずは味噌汁を飲む。うん、美味しい。

そして、箸で梅干しを小さく切って、ごはんと一緒に食べる。口の中に酸味が広がる。

美味しい。

焼き魚も美味しい。

最後にお茶をかけて、お茶漬けを堪能する。

美味しく感じることで、自分が日本人だなとあらためて思う。

美味しくて、ごはんも味噌汁もおかわりをしてしまった。

217 クマさん、ノアにぬいぐるみを持っていく

ミリーラから届いた和の国の荷物を受け取った翌日。

ごはんと梅干しと昨晩に作った味噌汁で朝食をとる。

朝から日本食で満足だ。

朝食を終えると、旅用のクマハウスで使ったベッドのシーツやタオルなどの洗濯を始める。

決して、クリフや護衛の人が使ったから汚れているとかじゃない。次にベッドを使用する人に綺麗なシーツで気持ちよく寝てもらうためだ。

一人で洗濯するのは寂しいので、子熊化したくまゆるとくまきゅうを召喚する。くまゆるとくまきゅうは手伝ってくれたけど、遊んでいるようにしか見えなかった。

洗濯を終えたわたしは、クマのぬいぐるみを受け取るためにシェリーが働いている裁縫屋さんに向かう。

お店に入ると仕事をしているナールさんがいたので挨拶(あいさつ)をする。シェリーは奥の部屋に

いると教えてくれるので、そこに向かう。

ドアをノックして部屋の中に入ると、シェリーがクマのぬいぐるみを作っていた。

「おはよう、シェリー。クマのぬいぐるみはできている？」

「ユナお姉ちゃん!? えっと、はい。できあがっているのは、そこの棚に並んでいます」

シェリーが指す先を見ると、くまゆる、くまきゅうのぬいぐるみが3個ずつ棚に並んでいた。作った順番なのか、くまゆる、くまきゅう、くまゆる、くまきゅう、くまゆる、くまきゅうと黒白が交互に座るように並んでいる。

6個も並んでいると、ちょっとだけぬいぐるみ屋さんに来た感じがする。贅沢を言えば棚が埋まるぐらいあれば完璧だね。

「もう少し作れたらよかったんだけど」

6個もあれば十分だ。優先的に渡さないといけないのは、プレゼントする約束をしたノア、ぬいぐるみを作るきっかけになったフローラ様。その2人分だけだ。

「十分だよ。残りは手が空いたときにでも作ってくれればいいからね」

わたしが棚に近づき、ぬいぐるみをクマボックスにしまうと、その後ろからさらに小さなくまゆるとくまきゅうが出てきた。大きさ的には手のひらサイズだ。

「シェリー、これは？」

「あ、はい。余った布がもったいなかったので、小さいぬいぐるみを作りました」

「可愛いね」

子供たちが喜びそうだ。

「ありがとうございます。子供たちにも人気があるんですよ」

もうすでに、子供たちに配っていたらしい。

確かに、ぬいぐるみを何個も作っているなら、切れ端も出るか。それを捨てずに利用するのはいいことだ。

「これ、もらっても大丈夫？」

「はい。大丈夫です」

「ありがとうね」

シェリーには、なにかお礼をしてあげないとダメだね。シェリーが喜びそうなものを考えておこう。

わたしはシェリーにお礼を言って、お店を後にする。

ぬいぐるみを手に入れたわたしは、ノアの家に向かう。家に着くとメイドのララさんがノアの部屋に案内してくれる。

「ユナさん、今日はどうしたんですか？」

「約束していたぬいぐるみを持ってきたんだよ」

「本当ですか！」

ノアが前のめりで尋ねてくる。

そんなノアの行動が可愛い。

わたしはクマボックスからくまゆるとくまきゅうぬいぐるみを出して、ノアに渡す。

「あ、ありがとうございます。大切にします」

ノアは嬉しそうにぬいぐるみを抱きしめる。

喜んでもらえると、やっぱり嬉しい。

「でも、早くありませんか？」

ミサの誕生日パーティーから戻ってきてから、何日もたっていない。

「ぬいぐるみは出発する前に頼んであったから。今日、取りに行ってきたんだよ」

「もしかして、たくさん作っているんですか？」

「たくさんっていうか。孤児院の子供たちの分かな」

あとはフローラ様に渡して、フィナとシュリも欲しがればプレゼントしたい。

でも、フィナなら自分で作れるかな？

「そんなに作っているんですね。それじゃ、クマさんのぬいぐるみを持っているのは、わたしとミサだけじゃないんですね」

ノアは少し残念そうにする。

「今のところは、孤児院の子供たちを抜かせば、ミサとノアだけだよ」

まあ、これからフローラ様にもプレゼントする予定だけど。

「でも、どこに頼んでいるんですか？　てっきり、ユナさんとフィナの手作りかと思ったんですが」

「街の裁縫屋さんだよ。ミサのぬいぐるみはプレゼントだから、わたしとフィナで一緒に作ったけど」

「それじゃ、これはユナさんの手作りじゃないんですね。少し残念です」

「それじゃ、いらない？」

「いります。いります」

わたしがぬいぐるみを取り上げようとするとノアは奪われないようにぬいぐるみを抱きしめる。

「でも、裁縫屋さんで作っているってことは、わたしがお願いすれば購入ができるってことですか？」

「購入って。今、プレゼントしたでしょう」

ノアの腕の中には、わたしが今プレゼントしたくまゆるとくまきゅうのぬいぐるみが抱かれている。

「なにを言っているんですか。予備は必要です」

まるで、わたしが間違っているかのような目でこちらを見る。わたし、おかしなこと言った？

同じぬいぐるみは何個も必要ないでしょう。

バージョンが違うようだったら全種類欲しいと思うけど、同じものを買ってどうするの？

まあ、元の世界でも、使用用、保存用、布教用で3つ手に入れる人もいる。

とりあえず、ノアには諦めるように言っておく。ノアは頬を膨らませるが、可愛いだけで怖くはない。

「そういえば、レオナルドさんは帰ったの？」

「はい。翌日の朝にお帰りになりました」

本人から聞いていたけど、本当にすぐに帰ったみたいだ。

クリモニアに滞在するようなら、お店の料理でもご馳走したんだけど、今度ミサと来たときにでも食べてもらえばいいかな。

「ユナさん、今日はこのあとの予定はありますか」

ぬいぐるみを抱きながら、ノアが尋ねてくる。

今日の予定は特にない。帰って、洗濯物をしまうだけだ。

「特にないよ」

「それじゃ、くまゆるちゃんとくまきゅうちゃんをお願いします。わたしもクマまみれになりたいです」

どうやら、ミサの誕生日にやった、くまゆるとくまきゅう、ぬいぐるみくまゆるにぬいぐるみくまきゅうに囲まれたいらしい。

「いいよ。小さいクマ？　大きいクマ？」

「大きいクマさんでお願いします」

ノアの希望に応じて、通常サイズのくまゆるとくまきゅうを召喚する。ノアはぬいぐるみを抱きしめながら、くまゆるとくまきゅうにダイブする。

昼食までノアと一緒にいて、ノアは午後から勉強があるので、わたしは邪魔にならないように帰る。ノアは寂しそうにしたが、勉強があるならしかたない。

家に帰ってくると、干していた洗濯物を片づける。

うん、綺麗になって、気持ちいいね。

218　クマさん、餅つきをする

わたしはお餅を食べるために、行動を起こすことにする。

もち米といえば餅つきだ。

でも、一人でやってもつまらない。それならと、今度のお店の休みの日に孤児院で餅つきをすることにした。参加者は孤児院の子供たちに、「くまさんの憩いの店」で働くモリンさんたち、「くまさん食堂」で働くアンズたち、それからフィナたち家族。ゲンツさんも来ることになっている。

院長先生は「楽しそうですね」と言い、アンズたちは「もち米で料理ですか、行きます」とお餅に興味津々。モリンさんたちも「もちろん、行かせてもらうわ」と言ってくれた。フィナは「シュリとお母さん、お父さんを誘って行きますね」と言ってくれた。

さっそく餅つきの準備をするため、わたしはクマの石像を作る要領で石臼を作る。石に穴を開け、テレビで見たことがあるような石臼ができ上がる。

こんなものかな？

本物を見たことはないけど、こんな感じだったはず。

次に作らないといけないのはお餅をつく杵だ。木でできた、大きなとんかちってイメージでいいのかな？

実際、つくことができればなんでもいいはず。それとも、木工職人にでも頼んだほうがいいかな？

作れなかったら、ティルミナさんかミレーヌさんに相談すればいいかな。とりあえずは作ってみることにする。手持ちの木材を風魔法で切ったり、削ったりして、杵モドキを作り上げる。

意外とできるものだ。

杵を持ってみる。振り回してみる。軽く叩いてみる。大丈夫みたいだ。試しにクマさんパペットを外して持ち上げようとしてみたが、持ち上がらなかったのはお約束だ。自分の貧弱さを再確認しただけだった。

杵を臼に向けて振り下ろしたとき、あることに気づく。

誰が餅を引っくり返すの？

餅つきは一人ではできない。杵は重くてわたしじゃないと無理だ。とてもじゃないが、子供たちは持てない。まして、何度も振り下ろすことなんてできない。

わたしは座って休んでいるくまゆるとくまきゅうを見る。

流石にくまゆるとくまきゅうじゃ、餅を引っくり返すことはできないよね。お餅に触ったら餅が毛だらけになるイメージしか湧かない。

でも、召喚獣だから、毛は簡単に抜けたりしないのかな？

それに汚いとは思わないけど、衛生的にどうなんだろう。

ここはやっぱり、フィナたち年長組に教えて、やってもらうのが無難かな？

テレビでも子供がやっている姿を見たことがある。速いスピードでやらなければ大丈夫なはずだ。わたしがそんなことを考えていると、くまゆるが近寄ってきて杵を持ち上げようとする。

「くまゆる？」

くまゆるは後ろ足で立ち、前足で杵を持ち上げてみせた。

どうやら、ひっくり返す役目ではなく、つくほうをやってくれるみたいだ。

「できるの？」

「くぅ〜ん」

くまゆるの顔は「任せて」って言っているようだ。

くまゆるは杵を振り下ろしてみせる。かなりの勢いがある。

「危ないから、もう少し力を抑えてね」

これでわたしがお餅をひっくり返せばいいのかな。

ちょっと怖いけど、大丈夫かな？

答えが出たような、出ていないような気がするが、やってみるしかない。

念のため、杵と臼をいくつか同じ数だけ作っておく。先ほどのくまゆるの様子を見ると、壊す可能性もある。予備はあっても困ることはない。

餅つきイベント前日、もち米をたっぷりの水に浸けて、翌日に備える。

翌朝早く起きて、水をたっぷり吸い込ませたもち米を蒸す作業を行う。

うぅ、眠い。

昨日のうちにやっておいて、クマボックスにしまっておけばよかったかな。今さら言ってもしかたないので、作業を続ける。

準備を終えたわたしはクマハウスを出る。孤児院に到着すると幼年組の子供たちが出迎えてくれた。

「他のみんなは？」

ティルミナさんもフィナもアンズの姿も見えない。少し早く来すぎたかな？

「みんな、鳥のお世話に行ったよ」

「みんなでやればすぐに終わるって」

幼年組の子供たちが教えてくれる。

お店は休みにできても鳥の世話は休むことはできない。だから、みんなでやって、早く終わらせるとのことだ。

それならと、みんなが戻ってくるまでに餅つきの準備をする。

わたしはクマボックスから石臼モドキと杵モドキを取り出し、蒸したもち米とぬるま湯が入った桶を準備する。

「ユナお姉ちゃん、なにを作るの？」

「お餅っていう、お米を潰（つぶ）した料理かな？」

「美味しいの？」

4、5歳ぐらいの女の子と男の子が尋ねてくる。その腕の中にはくまゆるとくまきゅうのぬいぐるみが抱きしめられている。

他の子も抱いている。

どうやら、シェリーの言うとおり、クマのぬいぐるみは人気があるみたいだ。

「う～ん、どうだろう。わたしは美味しいと思うけど。作るから食べてね」

「うん！」

準備を終えたわたしは、最後にくまゆるとくまきゅうを召喚する。すると、幼年組の子供たちは嬉しそうに近寄ってくる。

「くまゆるちゃんだ～」

「くまきゅうちゃん」

クマのぬいぐるみを持っている子供たちがくまゆるとくまきゅうに集まるので、クマだらけになる。これで、子供たちがクマの制服を着ていたら、クマ一色だったね。

「くまゆるに手伝ってもらうから、みんなはくまきゅうと遊んでおいで。くまきゅう、みんなをお願いね」

「くぅ～ん」

幼年組の子供たちに近寄られると危ないので、くまきゅうに子供たちの世話をお願いして、わたしとくまゆるは練習も兼ねて先に餅つきを始めることにする。

まずは、事前に蒸したもち米を臼の中に入れる。臼の中のもち米から湯気が上がる。

くまゆるに細かい作業は無理なので、初めはわたしがすることにする。わたしは杵で米をグリグリと潰したり軽くこねたりする。

いい感じにお米が潰れてくる。

このぐらいでいいかな。少しだけもち米が潰れたところで、杵をくまゆるに返す。

「それじゃ、わたしが餅をひっくり返したら、叩いてみて。初めは軽くね」

「くぅ～ん」

わたしはクマさんパペットを外して、餅に手を入れる。

「熱！」

「ユナお姉ちゃん！」

「大丈夫だよ」

子供たちが心配そうにわたしを見る。安心させるために手を振ってみせる。

でも、危なかった。熱かったよ。火傷をするかと思った。いくら引きこもりをしてたからといって、どんだけわたしの手は貧弱なのよ。

今度は気をつけてやることにする。

確か、テレビでは水をつけて、餅に軽く触る程度にやっていたような。

もう一度挑戦するが、熱いのは変わりない。わたしは地面に置いてあるクマさんパペットを見る。どんなことがあっても汚れないクマさんパペット。洗濯不要なクマさんパペット。

わたしはクマさんパペットを着けて、餅に軽く触ってみる。

おお、くっつかない。ありえない現象が起きている。

試しにクマさんパペットで餅をひっくり返してみる。

おお、やっぱり、クマさんパペットに餅がくっつくことはない。

万能クマさんパペットに感動する。

「くまゆる、もう一度行くよ」

「くぅ～ん」

「はい」、ペッタン、「はい」、ペッタン、「はい」、ペッタン。

いい感じで餅が叩かれていく。

適度に餅を濡らしながらついていく。

わたしとくまゆるが餅をついていると、鳥のお世話を終えた子供たちが戻ってきた。その中にはティルミナさんとフィナ、シュリもいる。

「ユナちゃん。もう始めているの？」

「うん、とりあえず、やってみようと思って」

とティルミナさんに説明をしている間も餅つきは続く。

「はい」、ペッタン、「はい」、ペッタン、「はい」、ペッタン。

「これが新しい食べ物？」

ティルミナさんは臼の中を見る。

「もち米を、潰して、作る、食べ物です」

餅をひっくり返しながら答える。

「もしかして、お店に出すの？」

ティルミナさんが「またなの？」って感じでわたしを見る。

「これは、個人的なもので、お店には、出しません、よ」

流石に餅は作るのが大変だ。自動餅つき機があればいいけど、そんな便利なものはない。だから、作るにはかなりの労力が必要になる。

主に子供や女性が多いわたしの店では作るのが大変だ。それでなくても、一日の仕事量は多い。そんなところに餅料理は無理だ。

ただ、冷凍すれば保存も可能だから、まとめて作れば可能かもしれないけど。面倒なので、今のところ、その予定はない。

それにお餅はたまに食べるからいいのであって、毎日食べるものじゃないとわたしは思っている。

わたしの言葉にティルミナさんは安堵の表情を浮かべる。

「はい」、ペッタン、「はい」、ペッタン、「はい」、ペッタン、「はい」、ペッタン。

順調に粘り気が出て餅になってくる。

あと、もう少しかな？

餅をついていると、モリンさんやアンズたちがやってくるのが見えた。

「ユナさん、遅くなりました。もち米の料理とお聞きしましたので、おかずを作ってきました」

どうやら、アンズとモリンさんたちはちょっとした料理を作ってきてくれたみたいだ。

お餅だけじゃ寂しいから、ありがたい。

でも、人の数が多い。このままじゃ作るのが間に合わない。餅をつくのがわたしとくまゆるだけでは時間がかかる。これはティルミナさんたちにも手伝ってもらわないとダメかな？

わたしがどうしようか悩んでいると援軍がやってきた。

「ユナちゃん、新しい料理を作るって話を聞いたから来たんだけど、わたしたちも参加していいかな？」

「手伝えることはあるか？」

ルリーナさんとギルがどこから聞きつけたのかやってきた。

さらに後ろには男が見たら怒りだしそうな、美人や可愛い女の子を連れているハーレム冒険者のブリッツもいる。

「俺も手伝うぞ」

男手が増えた。

なんでも、ゲンツさんに聞いたそうだ。でも、そのゲンツさんの姿はない。

「仕事をしてから、来るそうよ」

ティルミナさんが教えてくれる。

わたしは餅つきのやり方をみんなに教える。

ルリーナさんとギル、ブリッツとパーティーメンバーという2組ができた。

そして、アンズたち料理人チームも女性たちだけでやってみるそうだ。さらに仕事を早めに終わらせてきたゲンツさんもやってきて、ティルミナさんとペアを組み、フィナとシュリが応援する。

多めに作った臼と杵が無駄にならなかった。

ただ、アンズたちが使う杵は一回り小さくしてあげた。

やっぱり、重いよね?

餅つきをする者が増え、どんどん餅ができあがっていく。その餅をモリンさん、カリンさん、ネリンさんのパン屋さんチームが食べやすいサイズに丸めていく。

わたしは小皿と醤油、海苔を用意して、できあがったお餅を子供たちに配る。

海苔と醬油もいいけど、アンズたちが作ってくれたスープの中に入れたりもする。

わたしは海苔と醬油で食べる。

美味しい。

食べている間も交代で餅つきは行われる。余ったらクマボックスにしまえばいいだけだから、作りすぎても問題はない。


餅つきイベントは好評に終わった。

「ユナさん、ありがとうございます」

片づけをしていると、院長先生からお礼を言われる。

「ユナさんが来てくれてから、あの子たちはいつも楽しそうです。今日も楽しそうな笑顔が見られて、嬉しかったです」

院長先生はお皿や椅子やシーツを片づける子供たちを慈しむように見る。院長先生も楽しんでくれたようでよかった。

後日、そんなイベントをやったことがノアに知られ、怒られてしまった。

「今度は絶対に誘ってくださいよ！」

わたしは約束をして宥（なだ）めた。

219　クマさん、フローラ様にクマのぬいぐるみをプレゼントする

餅つきイベントが終わってから数日が過ぎた。

う〜ん、そろそろ王都に行っても大丈夫かな？

ガマガエル家がどうなったか気になるがクリフには聞いていない。

エレローラさんは、証拠もあるから爵位の剝奪はまぬかれないと言っていた。ただ、判断は国王がするってことらしい。

問題は爵位を剝奪されたあとだ。彼らがシーリンに戻るのか、気になるところだ。

そうなれば、ガマガエル家の処遇によってはミサがまた危険な目に遭う可能性も出てくる。

悩んでもしかたないので、とりあえずフローラ様にくまゆるとくまきゅうのぬいぐるみをプレゼントしに行くことにする。

エレローラさんに会えるようだったら話を聞けばいい。

クマの転移門を使って、久しぶりに王都にやってくる。門番に挨拶をすると、門兵はい

つもどおりに連絡のため走っていく。そんな後ろ姿を見ながら、お城の中に入る。

もう何度も来ているため、フローラ様の部屋には迷うことなく行ける。フローラ様の部屋に向かう間に人に出会うが、止められることはなかった。いつも思うけど、お姫様の部屋に一般人が勝手に行くってどうなんだろう。

そんなことを考えているうちにフローラ様の部屋に到着する。

いつもどおりにドアをノックをすると、アンジュさんが出てきて部屋に入れてくれる。中に入るとフローラ様は壁際にある机に座っている姿があった。

「もしかして、邪魔しちゃった？」

「大丈夫ですよ。ちょうど休憩にしようと思っていましたから」

アンジュさんはフローラ様のほうを見る。

「フローラ様、ユナさんが来てくださいましたよ」

アンジュさんがフローラ様に呼びかけると、小さな顔がこちらに振り向く。

「くまさん？」

わたしを見ると笑顔になり、駆け寄ってくる。

この笑顔を見ただけでも来たかいがあったというものだ。

「元気にしてましたか？」

「うん！」

元気に返事をする。

「今日はプレゼントを持ってきたんですよ」

「プレゼント?」

わたしはクマボックスからくまゆるとくまきゅうのぬいぐるみを出す。

「くまさんだ」

小さい子熊のぬいぐるみとはいえ、小さなフローラ様には十分に大きい。

どちらのぬいぐるみを取るのかなと思っていたら、両方のクマのぬいぐるみの手を握って引っ張った。ぬいぐるみは床に落ちるが、フローラ様は床に落ちたくまゆるとくまきゅうのぬいぐるみを抱きしめる。

「フローラ様、床に座ったりしたらダメですよ」

アンジュさんが注意する。

フローラ様は涙目になりそうになるが、アンジュさんが優しく諭す。

「床に置いてはくまさんが可哀想です。ですから、立ち上がってください」

アンジュさんはそう言うが、床は十分に綺麗だ。

綺麗な絨毯が敷かれており、清潔に見える。わたしなら気にしないで寝っ転がりながらゲームだってできる。でも、王女様としてはダメなんだろう。

アンジュさんはテーブルの上にぬいぐるみを運ぶ。フローラ様は椅子に座って、ぬいぐるみを抱きしめる。

「フローラ様、ユナさんに言うことはないんですか?」

フローラ様はぬいぐるみとわたしを交互に見る。そして、椅子から降りるとわたしのところにやってくる。

「ありがとう」

「大事にしてね」

フローラ様は嬉しそうに頷（うなず）く。

それにしてもアンジュさんはしっかり教育をしているな。

勉強もそうだけど、ちゃんと間違いは間違いと教え、正しいことは正しいと教えている。

フローラ様は立派な王族に成長しそうだ。

フローラ様はテーブルに戻るとくまゆるぬいぐるみの手を握る。

「ユナさん、いつもありがとうございます」

わたしがフローラ様の前の椅子に座るとアンジュさんがお茶を出してくれる。

お礼を言って飲む。やっぱり、王族が飲むお茶は美味しいね。

予定はないのでまったりとしていると、ドアがノックされる。アンジュさんが応対するためにドアに近づくと王妃様の声が聞こえてくる。国王も来たのかな？

でも、王妃様が部屋に入ってくるとドアが閉められる。

あれ？

王妃様以外部屋に入ってこない。

「ユナちゃん、こんにちは」

王妃様はわたしに挨拶（あいさつ）をするとフローラ様の目の前にあるぬいぐるみに気づく。

「あら、くまゆるちゃんとくまきゅうちゃんのぬいぐるみ？」

「うん、くまさんにもらったの」

「この間、フローラ様がくまゆるとくまきゅうと別れるのを悲しんでいたので、ぬいぐるみがあれば気が紛れるかなと思ったんです」

わたしが説明すると王妃様はフローラ様の隣の椅子に座って、くまきゅうのぬいぐるみをフローラ様から借りる。

「可愛いわね」

王妃様はくまきゅうのぬいぐるみを膝の上に乗せて、頭を撫で始める。王妃様、そのぬいぐるみはフローラ様のために作ってきたんですよ。取らないでくださいね。

でも、フローラ様は気にした様子もなく、同じように膝の上にくまゆるのぬいぐるみを乗せて抱き締めている。似たもの親子なのかもしれない。

フローラ様が騒がないなら、いいのかな？

それとも、王妃様の分も渡したほうがいいのかな？

「フローラ、よかったわね」

「うん」

王妃様はアンジュさんに出されたお茶を飲みながらくまきゅうぬいぐるみの頭を撫でる。

２人とも幸せそうだ。

「本物も可愛いけど、この子たちも可愛いわね」

「王妃様も、いりますか？」

一応、確認してみる。

「あら、わたしにもくれるの？」

「だから、フローラ様のぬいぐるみは取らないであげてくださいね」

「娘が大切にしているものを取らないわよ。でも、ユナちゃんがくれるっていうなら、もらおうかしら」

わたしは新たにくまゆるとくまきゅうのぬいぐるみをテーブルの上に出す。

くまゆるとくまきゅうぬいぐるみが４体になる。

「くまさんがいっぱいだ」

４体になったぬいぐるみにフローラ様は大喜びする。それをアンジュさんがじっと見ている。

「アンジュさんも欲しいの？」

「いえ、その、娘が喜ぶかと思いまして。娘はユナさんの絵本が大好きですから」

そう言われたら、プレゼントしないわけにはいかない。

「アンジュさん。娘さんにあげてください」

「いいのですか？」

「クマが好きって言われたら、断れないです」

わたしはもう一セットのクマのぬいぐるみを出す。テーブルの上のクマのぬいぐるみが6個になる。

「ありがとうございます。娘もきっと喜びます」

ノアの分のぬいぐるみをもらってからも、シェリーが空いている時間で作ってくれているので、現在も増え続けている。つい先日も、受け取ったばかりだ。

嬉しそうにぬいぐるみを抱いているフローラ様を見ていると、アンジュさんが紅茶のお代わりを入れてくれる。

「ユナさん、本日の昼食はどういたしましょうか？」

「お昼？」

アンジュさんの言葉にフローラ様と王妃様が反応する。

いつも、食べ物を持ってきているから反応したのかな？

それにわたしが食事を用意していたら、ゼレフさんに伝えないと、迷惑がかかってしまう。

わたしは考える。クマボックスにパンもお米も入っている。

でも、今日はお餅を出すことにする。一応、この日のために作っておいたものがある。

「口に合うか分からないけど」

わたしは餅鍋を出す。

いろいろな具材が入った鍋にお餅が入っている。

「あら、今日は鍋なのですね」

「王族って鍋を食べるの？」

「一つの鍋をみんなで食べることはありませんが、料理係がよそってくれたものは食べますよ」

王妃様が教えてくれる。

スープみたいなものかな。

鍋の蓋を開けると湯気が上がる。本当にクマボックスは便利だね。

わたしはお椀とフォークとスプーンを用意する。

「フローラ様、嫌いな野菜とかありませんか？」

「ないよ」

「えらいですね」

「うん！」

わたしはお野菜たっぷりと、お餅をお椀に入れる。

「おいしそう」

王妃様、アンジュさんの分もよそう。

みんなで食べ始めようとしたとき、ドアがノックもされずに開き、エレローラさんが部屋に入ってきた。

「間に合った？」

何に対して言っているのかな？

エレローラさんはテーブルの上を見ると「間に合ったようね」と呟く。

食事のことね。

わたしに会いに来たんじゃなかったんだね。

「エレローラさんも食べますか？」

「もちろん。そのために急いで来たのよ」

エレローラさんは嬉しそうに椅子に座るので、エレローラさんの前にも鍋をよそったお椀を置いてあげる。

「ありがとう」

みんなで食べ始める。

「あら、これはなにかしら」

エレローラさんは餅を掴む。

「お餅ですよ。焼いて食べたり、鍋に入れて食べたりもしますよ」

「あら、のびるのね」

「すごく、のびるよ」

フローラ様はお餅をのばす。

「フローラ様、食べ物で遊んだらダメですよ」

「ごめんなさい」

フローラ様はお餅を普通に食べる。

「弾力があって美味しいわね。あまりこのようなものは食べないから美味しいわ」

やっぱり、お鍋は庶民の食べ物なのかな？

王族や貴族が鍋を食べるイメージは頭に思い浮かばない。

「ユナちゃん。ちゃんとフローラ様にぬいぐるみを持ってきてくれたのね」

エレローラさんはフローラ様の後ろに置かれているぬいぐるみを見る。

「約束だからね。それに初めからプレゼントするつもりだったし。あと、ノアにもプレゼントしておきましたよ」

「ありがとう。あの子、羨ましそうにミサーナの持っているぬいぐるみを見ていたから」

確かに見ていたね。

プレゼントしたときも喜んでいたし、さらに追加で注文をしようとしていた。ノアの将来が心配になってくる。クマ好きになったのはわたしのせいではないと思いたい。責任は取れないからね。

それにしても国王がいないと静かだね。

門にいた兵士はわたしが来たことを報告しに行ったと思うけど国王の姿はない。

「エレローラさん、国王様は来ないの？」

お餅を食べているエレローラさんに尋ねてみる。

「今日はっていうか、例の件でしばらくは忙しいから、ザングとエルナート殿下が逃がさないように見張っているわよ」

わたしに向かって例の件って言うってことは、あのことだよね。

どうなっているか、聞いたら教えてくれるかな？

「ミサーナや商人の子供を攫ったただけじゃなく、いろんな悪事が出てきて、取り調べや関係者の事情聴取といろいろと処理に追われているわ」

わたしが聞いていいか悩んでいると、勝手にエレローラさんが話しだす。

「それじゃ、犯罪が立証されたんだ」

「ほとんどの証拠が固まっているから、言い逃れはできない状態ね」

貴族だと、なんだかんだでうやむやになるかと思ったけど、ちゃんと処罰されるようでよかった。

子供たちを攫ったんだ、ちゃんと罰を与えてくれないと困る。それ以外にも罪状があるみたいだし。

「ガジュルドは、かなり好き勝手なことをやっていたみたいね」

エレローラさんの話では商人との不正取引はもちろん、脅迫、暴力といろいろあるとのこと。言葉は濁していたが殺人も犯している感じだった。

地下牢に関してはわたしも聞かなかったし、エレローラさんも話そうとしなかった。だから、わたしも知る必要はないと思っている。

「サルバード家は爵位剝奪になるわ」

爵位剝奪ってことは、領主ではなくなるってことだよね。

その点を尋ねると、

「だからシーリンの街は、ファーレングラム家が治めることになるわね」

これで嫌がらせを受けることはなくなるからグランさんも安心だね。

ただ問題は、爵位を剝奪されたあと、あの親子がシーリンの街に戻ってくるかどうかが心配だ。

この国の処罰がどのようなものかは分からないけど、街に戻ってくるようだったら、ミサが逆恨みで襲われる可能性だってある。

でも、わたしの質問にエレローラさんはゆっくりと首を横に振る。

「財産は全て没収。ガジュルドは死刑。息子は王都にある親戚の家に預けられることになっているわ」

死刑の言葉に驚いて、なんとも言えない気分になる。

でも、こればかりはしかたない。

息子は王都の親戚の家ってことは、ミサの身は安全になるのかな?

逆恨みで、また嫌がらせをされたら困る。

「大丈夫よ。息子のランドルは一生、シーリンの街に入ることはできないわ。それに預かった家の者も行動は監視するでしょう。監視を怠れば自分たちも罰せられることぐらい理解できるから大丈夫よ」

それなら安心かな？

でも、あの性格の悪そうな息子なら陰で何かしそうだけど。ミサを攫った冒険者にも指示を出すとか。そのあたりも、エレローラさんの言うとおり、引き取った先の人物次第か。

一応、ミサを攫った黒い格好をした冒険者のことが気になったので尋ねると。

「あの冒険者ね。他にも余罪があるみたいだから、取り調べ中ね」

とのことだ。

「あと、これも伝えたほうがいいわね。グラン伯は現在の状態を招いた責任をとると、自ら申し出て領主を退き、息子のレオナルドがシーリンの街の領主になることになったわ」

「そうなんだ」

「孫を攫われ、自分を慕っている商人にも危害が加えられたことで引退を決めたそうよ」

「ミサが攫われたのも商人の件も、グランさんは悪くないんじゃない？」

相手が嫌がらせをしてきたのに、自分が悪いってことはないだろう。

でも、以前から行われていたなら、対処方法もあっただろうし、しかたないのかな。話を聞くと後手に回っていたようだったし。

どこの世界でも近隣トラブルはあるからね。今回は領主同士で規模が大きいけど。

「そうかもしれないけど、息子に譲るにはちょうどいい時期だったとも言っていたわ。それにこのことに関してはわたしたちがとやかく言うことじゃないわ」

確かにそうだ。レオナルドさんと年齢の近いクリフだって領主をしている。グランさんが決めたなら、わたしが口を挟むことじゃない。

「それにね。グランお爺ちゃんは、これで自由に動けるって喜んでいたわ。ユナちゃんのお店にミサーナを連れて行くとも言っていたわよ」

まだまだ、元気なお爺さんだ。

もし、お店に来たら歓迎しないといけないね。

220 クマさん、エルフの女の子を拾う

食事が終わり、お腹が膨れたフローラ様がクマのぬいぐるみを抱いて眠ってしまったので、わたしはお城を後にした。

王都のクマハウスに戻ってくると、家の塀に寄りかかるように人が倒れているのが見えた。

ちょ、人の家の前で倒れるってどういうことよ。

わたしが急いで駆け寄ってみると、耳が長く、薄緑色の髪をした女の子だった。

もしかして、エルフ？

長い薄緑の髪の間から長い耳が見える。耳が長いのが特徴の種族だ。

年齢は見た目でいえばわたしと同じぐらいだ。とはいっても長寿のエルフが見た目と同じ年齢ではないのは常識である。女の子は塀に寄りかかり座ったまま動かない。

人の家の前で死んでいないよね。

しゃがんで確認すると、息があるのが分かった。

よかった。生きているみたいだ。

帰ってきたら家の前に死体があったってことだけは避けられたみたいだ。

「大丈夫？」

肩に触れて軽く揺らす。

すると、女の子の目がゆっくりと開く。

「こんなところでどうしたの？」

エルフの女の子がわたしを虚ろな目で見つめる。

目が半分ほどしか開いていない。

「クマ？」

女の子はわたしを見て首を小さく傾げる。

「どうしてここで寝ているの？」

「夢を見ているのかな？　クマの格好をした女の子がいる。こんな変な格好をした人なんていないよね」

「悪かったわね。変な格好で」

「もう一度寝ればきっと目が覚めるはず」

女の子は本当に目を閉じてしまった。そして、女の子から寝息が聞こえてくる。軽く揺すってみるが起きない。

ちょ、どうするのよ。

警備の人を呼ぶことも考えたけど、寝ている女の子を引き渡すのも気が引ける。それに人を呼びに行っている間、このまま放置するわけにもいかない。クマの着ぐるみを着ているわたしが抱っこして歩くのも目立つような気がする。

考えた結果、女の子を家の中に入れることにする。わたしは女の子をお姫様抱っこする。クマさん装備のおかげで軽々と抱き上げることができる。

クマハウスの中に入り、そのまま2階に上がる。そして、客室のベッドに寝かせてあげる。

う〜ん、家にお持ち帰りしたけど、本当によかったのかな？

ベッドで静かに寝ているエルフの女の子を見る。

あのままにしておくわけにはいかなかったから、しかたないよね。

自分に言い聞かせて、女の子が腰につけているアイテム袋やナイフを、寝るのには邪魔だから外してテーブルの上に置いておく。

腰の周りの邪魔なものがなくなった女の子は寝返りをうつと、気持ちよさそうにする。

これで大丈夫かな？

部屋を出ていこうとして思い出す。

あっ、そうだ。忘れるところだった。

わたしは子熊化したくまゆるをベッドの隅に召喚する。

「女の子が起きたら教えてね」

くまゆるの頭を優しく撫(な)でてお願いをしてから、部屋を出ていく。

わたしは一階に下りると、ソファに座り、ポテトチップスとオレンの果汁を取り出す。

ポリポリ。

でも、本当にどうしたものか。

まさか、エルフの女の子を拾うとは思わなかった。

ゴクゴク。

でも、あのエルフの女の子の顔、どこかで見覚えがあるんだよね。

考えるが思い出せない。どこかですれ違ったことでもあるのかな？

ポリポリ。

ポテトチップスを食べて、オレンの果汁を飲んで、のんびりしていたら眠くなってきた。

わたしは、子熊化したくまきゅうを召喚して抱き寄せる。

「くまきゅう、何かあったら起こして」

わたしはくまきゅうを抱いたままソファに倒れる。

昼寝は人類至高の贅沢(ぜいたく)だ。

くまきゅうを抱いていると気持ちよくなってくる。目を閉じるとすぐに夢の世界に落ちていた。

ペチペチ。

頬を柔らかいものが叩(たた)く。

どうやら、くまきゅうが起こしてくれているみたいだ。

くまきゅうを抱きかかえたまま起き上がる。

「くまきゅう、おはよう」

「くぅ～ん」

……どのくらい寝ていたのかな。

窓の外は少し暗くなりかけている。もう夕方か。少し寝すぎたかな。

ソファから起き上がると、くまきゅうが小さく鳴いて上を見る。

「もしかして、エルフの女の子が起きたの？」

くまきゅうは首を横に振る。

あれ、違うの？

それじゃ、なんだろう？

エルフの女の子が起きたらくまゆるに教えてもらうことになっているけど、よくよく考えると無理かも。ドアは閉まっているし。

大きな声で鳴けば聞こえるかな？

くまきゅうが上を見るので、様子を見に行くことにする。

わたしは2階に上がり、エルフの女の子が寝ている部屋のドアを開ける。

そこにはくまゆるを抱きしめている女の子の姿があった。

「う～ん、柔らかくて温かい」

くまゆるが逃げ出そうとするが女の子に抱きしめられて、逃げられずにいた。

本気を出せば逃げられるけど、どうしたらいいか困っている姿だ。

起きている様子はない。寝ぼけて抱きしめているみたいだ。

くまゆるが助けを求めるようにわたしを見る。

どうやら、くまゆるはくまきゅうに助けを求めたらしい。

でも、寝ている女の子を起こすのも可哀想だ。どうしようかと思っていると、女の子の目がゆっくりと開く。

おお、今度こそ目が覚めたかな？

そして、自分が抱いているくまゆるを見て、

「クマ？」

そして、目線をわたしに動かして、

「クマ？　………夢か」

また眠ろうとする。

わたしは寝ようとするエルフの女の子の頭を軽くポンと叩く。

「夢じゃないよ」

わたしに叩かれたことで目が開く。そろそろ起きてもらわないと困る。

女の子は起き上がって、キョロキョロと部屋を見回す。

「ここはどこ？」

再度、わたしを見て、

「クマ？」

もう、それはいいよ。

「ここはわたしの家。あなたはわたしの家の前で倒れていたのよ。覚えていないの？」

エルフの女の子は悩むように考え始める。

「……人混みの中を何時間も歩いていたら、疲れてきて、どこかで休むにもお金がなくて、ふらふらと歩いていたらクマの家が見えて、そこから記憶がありません」

「はぁ……」

ため息しか出ない。

つまり、疲れて人の家の前で倒れていたと。

「あなた、家はどこ？」

「エルフの村です」

エルフの村ってどこよ。

そんな、近所みたいに答えられても困るよ。

「つまり、王都に家はないのね。まさか、一人でエルフの村からここまで来たんじゃないよね？」

もっとも、エルフの村がどこにあるか分からないけど。

「一人で来ました」

こんなに小さな女の子（わたしと同じぐらいだけど）が一人で旅をするなんて信じられ

ない。

お金もなく、よくそれで王都まで来たもんだ。呆れてものが言えない。親は何を考えているのかな。それともエルフだから、この子ぐらいだと成人を迎えていて、一人旅ぐらいさせるものなのかな。それでも危険なのは変わりない。

もし他の人がわたしの言葉を聞いたらブーメランと言うかもしれないけど、気にしないでおく。

「それで、どうして王都に一人で……」

来たの？　と尋ねようとしたら女の子のお腹が「くうぅ」と小さく鳴った。

「それじゃ、先に食事にしようか。食事の用意をするから下へおいで」

どうやらなにも食べていないようだし、話は食事をしながら聞くことにする。

「いいんですか？」

「いいよ」

「その……」

女の子がわたしの名前を呼ぼうとしたことに気づいた。

「ユナよ」

「ユナさん、ありがとうございます。わたしはルイミンといいます」

「それじゃ、ルイミン。そろそろくまゆるを離してあげてくれないかな」

くまゆるはルイミンの腕に抱かれたままでいる。先ほどから、わたしに助けを求めるように見つめている。

「この子、くまゆるっていうんですか？」

くまゆるを持ち上げ、聞いてくる。

「黒いクマがくまゆる。こっちの白いクマがくまきゅう」

わたしの腕の中にいるくまきゅうも紹介する。

「可愛いですね」

ルイミンはくまゆるを離してくれる。

わたしはルイミンを連れて一階に下りる。

「適当に座って」

ルイミンが椅子に座ったところで、モリンさんが作ったパンと果汁を出してあげる。

「ありがとうございます」

ルイミンは頭を下げる。それと同時にルイミンのお腹の音が再度鳴る。

わたしは食べるように促す。

今日はここで夕飯かな。自分の分も出して席に座る。

「美味しいです。こんなに美味しいパンを食べたのは初めてです」

ルイミンは美味しそうに食べる。

そう言ってもらえるとモリンさんも嬉しいだろうね。

「ユナさん。ご家族の方はいないんですか？　挨拶をしたいんですが」

「いないよ。わたし一人だよ」

「えっ、一人？」

「そうだけど」

そう答えると、驚いた顔をされる。

「そんなに小さいのに一人で暮らしているの⁉」

小さい言うな。

ルイミンだってそれほど大きくない。わたしと変わらないほどの身長だ。でも、長寿のエルフなら間違いなく、わたしよりも年上なんだよね。

何歳ぐらいなのかな？　見た目は15歳ぐらいに見えるけど。

「それに一人じゃないよ。くまゆるとくまきゅうもいるから」

くまゆるとくまきゅうは大切な家族だ。

わたしの言葉にくまゆるとくまきゅうが近寄ってくる。

「あのう、わたし、今日王都に着いたばかりでよく分からないんですが、ユナさんの格好って王都で流行(はや)っているんですか？」

先ほどから気になっていたらしく、わたしの格好について尋ねてくる。

まあ、普通は気になるよね。

「流行っていないよ」

流行っていたら怖い。

「なんでこの格好をしているかはノーコメントで。それで、ルイミンはどうして王都に？」

初めて会った子に話すつもりはないので、逆にルイミンのことを尋ねてみる。

「人を捜しに来たんです。前に会ったときに王都で仕事をしているって聞いたんです」

この王都で人捜しね。もしかして、人を捜すために当てもなく何時間も歩いていたの？

違うよね。そう思いたい。

「その人はどこにいるの？　分かれば案内するよ」

一応尋ねてみる。

流石に居場所も分からずにこの王都で人を捜すのは不可能だろう。

場所が分かれば案内をしてあげることぐらいできる。

分からなかったら、エレローラさんに聞けばいいし。

「10年前に、冒険者ギルドで働いているって言ってました」

「10年前！」

「はい、10年前ですが、それがどうかしたんですか？」

ルイミンは首を小さく傾げる。

それじゃ前に会ったのが10年前ってことになるの？

つまり、10年間会っていなかったと。

流石、長寿種族だ。10年ぐらい、人間の一年ほどの感覚なのかもしれない。

それに冒険者ギルドで働いているって、冒険者ってことかな？

でも、10年も会っていないって。……その人死んでいないよね。冒険者なら、亡くなっている可能性もある。

「その人は冒険者なの？」

「分からないです。王都の冒険者ギルドで働いているって聞いただけなので」

う～ん、サーニャさんに聞けば分かるかな？

なんたってギルドマスターだし。

なによりもサーニャさんもエルフだし……。

わたしはルイミンの顔を見る。

……似ている？

「なんですか？」

見つめられて、ルイミンが恥ずかしそうにする。

「えっと、その人の名前は」

「サーニャです。わたしの姉です」

やっぱり。

そうだよ。誰かに似ていると思ったらサーニャさんだよ。

なんで、気づかなかったかな？

同じエルフだよ。すぐに気づきそうなのに。

「もしかして、知っているんですか？」

わたしの反応を見て、なにかを感じたのだろう。ルイミンが前のめりになる。

「知っているよ。サーニャさんは冒険者ギルドのギルドマスターをしているよ」

「ギルドマスターですか？」

「うん。エルフでルイミンと同じ髪の色をしていて、名前がサーニャなら、間違いないと思うよ」

「ユナさん、案内してください。お願いします」

頭を下げるルイミン。

「いいけど、今日は遅いから明日だね」

そろそろ夕暮れだ。基本24時間営業している冒険者ギルドだけど、この時間は仕事から戻ってくる冒険者で混みあう。なるべくなら、避けたい時間帯だ。

サーニャさんも仕事を終えて帰っているかもしれない。

ルイミンには、明日案内することを約束し、今日は家に泊まっていくように言う。

「ユナさん、ありがとうございます」

ルイミンはお礼を言う。こんな、危なっかしい子を放り出すわけにはいかないからね。

221　クマさん、サーニャさんに会いにいく

エルフの女の子、ルイミンを拾った翌日、冒険者ギルドに向かう。混みあう早朝から少しだけ時間をずらして向かうことにした。ルイミンは早く行きたがったが、面倒ごとを少しでも減らすためにはしかたない。

「えっと、ユナさん」

ルイミンはわたしの陰に隠れながら話しかけてくる。

「なに？」

何を言いたいか分かっているが、あえて尋ねてみる。

「皆さん、見てますね」

うん、見ているね。いつもの光景だ。

指をさしてくる子供もいる。

「やっぱりユナさんの格好は、変じゃなくて、……特殊でもなくて、……個性的なんですよね？」

いろいろと言葉を選んでいるようだけど、口から漏れているから意味がない。

「もしかすると、エルフが珍しいからルイミンを見ているだけかもしれないよ」

「そんなことはありません。今までに一度もこんなふうに見られたことはありません」

そんなに強く否定しなくても、視線の先がわたしだってことぐらいは分かっているよ。

王都を歩くときは避けられない光景だ。

クリモニアと違って、王都は広く人も多い。王都でわたしのことを知っている人は一握りだろう。

だから、どうしてもクマの格好をしているわたしは注目の的だ。

「うう、なにか恥ずかしいです」

体を縮こまらせるルイミン。

見られているのはわたしなのに、わたしの後ろに隠れてどうするのかな？

そんなに嫌なら、少し離れて歩けばいいのに。

わたしの後ろに隠れるから自分が視線を受けているように感じるんだよ。

それに気にするから気になるんだよ、この数カ月でわたしが学んだことだと、ルイミンに言いたい。だけど、わたしも視線は気になるので、クマさんフードを深く被り、視線をシャットアウトする。

「ユナさん、冒険者ギルドにはまだ着かないんですか？」

「もうすぐだよ」

大通りを歩いていると、他の建物に比べて大きな建物が見えてくる。

「あの大きな建物だよ」

クマさんパペットでさした先にはクリモニアにある冒険者ギルドよりも大きな建物が見える。

「あそこにお姉ちゃんが……」

ルイミンはいきなり冒険者ギルドに向けて走りだす。

「ちょ、ルイミン！」

わたしも追いかけるように冒険者ギルドに向かう。

冒険者ギルドに入ると、ルイミンが中を見渡すようにキョロキョロとしている。

いきなり入ってきたわたしたちに視線が集まる。

わたしの存在に気づいた冒険者たちの口から「クマ」って単語が聞こえてくる。だからといって近寄ってくる者はいない。

前回の噂が少しは広まったかな？

トラブルになりそうにないので、こちらとしては助かる。

「お姉ちゃんは？」

「ちょっと待って」

入り口の前では出入りの邪魔になるので、ルイミンの手をクマさんパペットで掴み、奥へと進む。

わたしは受付のほうを見る。混む時間帯を避けたおかげで空いている。ルイミンの手を引いて受付に向かう。

「ちょっといいかな？」

「はい、なんでしょうか？」

わたしを見てもちゃんと受け答えをする受付嬢。

まあ、ギルド職員ならわたしのことは知っているよね。

「ギルドマスターのサーニャさんに会いたいんだけど、会えるかな？」

「お約束はされているでしょうか？」

「していないけど。ユナが会いたいって伝えてもらえる？」

サーニャさんには貸しがあるから会ってくれるはず。

「妹のルイミンが来たって言ってください。わたし、サーニャお姉ちゃんの妹です」

「ギルドマスターの妹さんですか!?」

受付嬢は横から割り込んできたルイミンの言葉に驚く。近くにいるギルド職員も驚いて、ルイミンを見る。

そんなに驚くことなのかな？

「だからお願いします。どうしてもお姉ちゃんに会いたいんです」

頭を下げるルイミン。

「わ、分かりました。お伝えしてきますので、少々お待ちください」

受付嬢は席を外し、奥の部屋へと向かう。

ギルドマスターに会うには前もって約束を入れておくものなのかな？

王都のギルドマスターともなれば忙しいから、普通は簡単には会えないのかな？

そんなことを考えていると、先ほどまでの「クマ」って単語が聞こえなくなり、代わりに「ギルマスの妹」って単語が冒険者たちの中に広まっていく。

その様子にルイミンは驚いたように周りを見回す。すると、逆にギルドマスターの妹のルイミンの顔を見るために冒険者たちの視線が集中する。

「な、なんですか!?」

ルイミンはわたしの背中に隠れる。

だから、わたしの後ろに隠れるのはやめてほしいんだけど。

「みんなサーニャさんの妹ってところで反応したみたいね」

「うう、恥ずかしいです」

今回の視線はルイミンのものなんだから、しっかりと受け止めないと。

ルイミンが恥ずかしそうにしていると、奥のドアが勢いよく開く。

「ルイミン!?」

部屋からサーニャさんが慌てた様子で出てきた。

「お姉ちゃん！」

サーニャさんは駆け寄るとルイミンに抱きつく。

「5年ぶりかしら。大きくなったわね」

「お姉ちゃん。10年だよ」

「あら、そんなにたつ？」

お互いに笑い出す。

このエルフ姉妹たちダメだ。時間感覚がやっぱりわたしとは違う。

「それでどうしたの？　王都まで」

サーニャさんは尋ねてから周りの視線に気づく。

冒険者やギルド職員の視線が集まっている。

「あなたたち、仕事しなさい。冒険者たちもいつまでもいないで、早く依頼を受けなさい」

サーニャさんは周りに注意すると、わたしたちを興味本位で見る冒険者やギルド職員の視線を逸らす。サーニャさんはため息を吐くと、わたしたちをギルドマスターの部屋へと連れていく。

流れで、わたしもついてきちゃったけどいいのかな？

「ルイミン、久しぶりね。それで、どうして、2人が一緒にいるの？」

サーニャさんが交互にわたしたちを見る。

「それは……」

ルイミンが言いにくそうにする。

まあ、行き倒れていたところをわたしが拾ったなんて言えないよね。

「道に迷っていたところをわたしと会って、ここまで連れてきてあげたのよ」

ルイミンの名誉のために倒れていたことは黙っていてあげる。

「本当なの？」

サーニャさんは疑いの目をルイミンに向ける。

ルイミンは目を泳がせながら、頷く。

「うん」

どうやら、嘘を通すつもりみたいだ。

「ユナちゃん、ごめんなさい。妹がお世話になったみたいね」

「たまたまだから気にしないでいいよ」

たまたま家の前で倒れているのを見つけただけだからと、心の中で付け足しておく。

「それで、どうして王都まで来たの？　わたしに会いに来てくれたの？」

「エルフの森の結界が弱まっていて、長がお姉ちゃんを連れてこいって」

「結界が弱まっているの!?」

ルイミンの言葉にサーニャさんが驚きの声をあげる。

エルフの森って聞くだけで神秘の森ってイメージが湧く。エルフの森の結界が弱まったと聞けば、わたしでも大事なことぐらいは分かる。

「うん、結界に綻びがあるみたいでエルフの森に魔物が入ってくるの。それで、結界を作り直すから長がお姉ちゃんに戻ってきてほしいって」

「話は分かったけど、結界が解けるなんて信じられないわ。あと100年は大丈夫なはずだったでしょう」

「わたしに言われても分からないよう。実際に弱まって、たまに魔物が入り込むようになったんだから」

ルイミンの言い分も分かる。

１００年大丈夫といわれても、魔物が入り込んでいるなら結界が弱まっていると考えられるはず。

でも、サーニャさんの言葉からすると、結界が弱まったのには、なにか理由があるのかな？

ゲームや漫画だと、エルフの村を襲う悪人がいるのが定番だけど。

結界を壊してエルフの村の秘宝を盗むとか、よくありそうな話だ。

「えっと、いいかな？」

「ユナちゃん、なに？」

「その結界ってエルフ以外は入れないの？」

「入れるわよ。入れないのは魔物だけよ」

どうやら入れないのは魔物だけで、人は入れるみたいだ。そうなると悪人説はないか。

でも、誰でも入れるのか。わたしも入れるってことだよね。エルフの森とか里はファンタジーの定番だ。頼んだら連れていってくれるかな？

せっかく異世界にいるんだから、エルフの村に一度は行ってみたいよね。

「面倒ね。でも、行かないわけにはいかないわよね」

「サーニャさんじゃないとその結界は直せないの？」

わたしが代わりに行こうかと言いたいが我慢をする。

「できなくはないけど、結界に使用する魔法は長の身内だけの秘密になっているの」

「それじゃ、長って」

「わたしたちのお祖父ちゃんよ。だから、結界を作るにはわたしが必要なの」

「それじゃ、ルイミンは？」

「まだ、小さいから」

「うぅ、小さくないよ」

「そうね。大きくなったわ。でも、わたしが生きているし、居場所も分かっているから、わたしを探しに来たのね」

身内の秘密らしいから、代わりにわたしがするのは、どうやら無理みたいだ。

「でも、エルフの村か。ちょっと遠いわね」

「そんなに遠いの？」

「隣の国だからね」

隣の国と言われても分からない。どのくらい遠いんだろう？

そんな遠くからルイミンは一人で来たんだ。

わたしの家の前に倒れていたのを思うと、よく王都までたどり着けたものだ。

「ルイミン。今、どこの宿に泊まっているの？　しばらくはわたしの家に泊まりなさい」

「しばらくって？」

「流石にすぐに出発はできないのよ。引き継ぎをしたり、急ぎの仕事を終わらせないと。一応、ギルドマスターだから、しっかり仕事をしないといろんな人に迷惑がかかるのよ」

確かに、サーニャさんは王都のギルドマスターだ。仕事量も多いだろうし、引き継ぎもしないといけない。仕事をしている大人ならしかたないことだ。年中休みのわたしとは違う。

「それで、どこに泊まっているの？」

「それは……」

ルイミンはチラッとわたしのほうを見る。

「正直に答えなさい」

サーニャさんはルイミンを問い詰める。

「昨日、王都に到着して、ユナさんのところに泊めてもらいました」

ルイミンは正直に答える。

「はぁ、そんなことだと思ったわ。ユナちゃん、本当にありがとうね。この子、おっちょこちょいだから、少し心配だったの。なにかお礼をしたいのだけど。さっきも言ったけど、仕事の引き継ぎをしないといけないし、お礼はエルフの村から戻ってきてからでもいいかしら」

サーニャさんは申しわけなさそうに言う。

「それじゃ、わたしをエルフの村に連れていってくれない？」

わたしはすかさずお願いした。

222 クマさん、エルフの村に行きたがる

「えっ、ユナちゃん、わたしたちの村に来たいの？」

「うん、行ってみたいけど、サーニャさんたちに迷惑がかかったりする？」

エルフの森に入るとエルフが襲ってくるシーンがよくある。木の上から弓を構えたエルフが「立ち去れ、これ以上進むなら攻撃をする」と言ってくるみたいな。もし2人に迷惑がかかるようだったら、残念だけど諦める。

「それは大丈夫。知らない人が来れば警戒するけど、わたしとルイミンが一緒なら大丈夫よ。でも、エルフの村は遠いし、森の奥にあるわよ。普通の人が行くのは大変よ」

クマ装備があるわたしはどんなに歩いても大丈夫だ。それに、くまゆるもくまきゅうもいる。くまゆるとくまきゅうに任せれば寝ていても目的地に着く。だから、なにも問題はない。

なんか、今さらだけど全てクマ任せだね。

「それに依頼じゃないから、報酬もないし、ランクの達成にもならないわよ」

お金もランクも必要ない。わたしはファンタジーの定番、エルフの村を見たいだけだ。

わたしがお金もランクも必要ないと伝えると、呆れ顔になる。

「ユナちゃんがそう言うならいいけど。来ても本当になにもないわよ」

それはエルフの考えであって、他の人から見ればいろんなものが珍しく見えるものだ。秘宝とか、エルフの森で採取できる貴重な薬草とか、とにかくエルフの森は未知の領域だ。それにエルフの村っていえばゲーム、小説、漫画の重要な場所だよ。せっかく異世界にいるんだから、一度は行ってみないと。

まあ、実際になにもなくても、この世界でエルフがどんなところで暮らしているか見るだけでもいい。

観光旅行だ。

とりあえずサーニャさんの許可も下りたので喜んでいると、別のところから少し否定的な言葉が飛んでくる。

「お姉ちゃん、本当にユナさんを連れていくつもりですか？」

ルイミンが信じられないようにサーニャさんを見る。

あれ、ルイミンは反対なのかな。

できればルイミンからも賛成が欲しいんだけど。一緒に旅をするなら、険悪になるのだけは避けたい。

「遠いんですよ。ユナさんはまだ子供なんですよ」

子供って。わたしそこまで小さくないよ。それに身長ならルイミンも大きくはないよね。

ある場所も含めて。

ルイミンが反対する理由は、わたしの身の安全を気にしてのことだったみたい。

「小さいって、ルイミンと変わらないでしょう」

「わたしと変わらないぐらいといっても、ユナさんは人でわたしたちと違ってエルフじゃないんですよ。危険です」

ルイミンがわたしのことを心配してくれるのはとっても嬉しいんだけど。

これが、ありがた迷惑っていうやつになるのかな。

「ユナちゃんが危険な目にね」

サーニャさんは奥歯に物が挟まったような言い方をして、わたしのほうを見る。

その目はなんですか？　言いたいことは分かるけど。

とりあえず、自分でルイミンを説得するしかないかな。

「ルイミン、わたしは冒険者だから、自分の身ぐらい守れるよ。だから心配しないで」

「ユナさんが、冒険者？」

わたしの言葉が信じられないようで、疑いの目をわたしに向ける。

まあいつものことだけど、クマの着ぐるみを着ている女の子が冒険者と言っても信じられないよね。

わたしがどうやって説明をしようかと思っていると、サーニャさんが助け船を出してくれる。

「こんな格好しているけど、ユナちゃんは優秀な冒険者よ。旅の足手まといになったりしないから大丈夫よ」

　こんな格好とか言われて、反論ができないのは少し悔しい。

　助け船を出してくれるなら、もう少しましな言い方はないかな。

「ユナさん、長い旅になるんですよ。数日で帰ってこられないんですよ。魔物が襲ってきたりして危険なんですよ。雨もいきなり降ってきて濡れたりするんですよ。危険なのは魔物だけじゃなくて、人も危険ですよ。こちらが何も知らないと思って近づいてきて、騙（だま）したりするんですよ」

　まるで経験してきたように言う。

　ルイミンが王都まで来るのに苦労したのが目に浮かぶ。「頑張ったね」と言って頭を撫でてあげたくなってくる。

　でも、わたしの場合、雨が降ったらクマハウスで雨宿りすればいいし、普通の魔物なら倒せるし、人が危険なのは知っているし、返り討ちにするだけだ。でも、最後の〝騙したりするんですよ〟の言葉に力が入っていたのは気のせいかな。

「そんなに心配なら、ルイミンがユナちゃんを守ってあげれば？　少しは成長したんでしょう」

　サーニャさんが悪い笑みを浮かべながら提案してくる。

　ルイミンはわたしのほうをじっと見る。

そして、少し悩んで、答えを出す。

「分かりました。ユナさんのことはわたしが守ります。でも、帰りはお姉ちゃんがしっかり守ってあげてくださいよ」

なんか変な方向に流れたけど、ルイミンも承諾してくれたみたいだ。

でも、わたし的にはクマハウスの前に倒れていたルイミンのほうが心配なんだけど。なんかドジっ子のような。一人で歩かせると危ないような雰囲気を持っている。

でも、ルイミンにとっては、わたしのほうが心配なんだろう。

「それじゃ、予定を決めましょう」

それから、サーニャさんは仕事量を吟味しながら、出発する日などを決める。

「お姉ちゃん、移動はどうするの？　やっぱり、馬車？」

馬車は面倒だな。なによりも遅いのが難点だ。それなら馬のほうがいい。

でも、ルイミンが馬車を提案したのはわたしのためかもしれない。

「ルイミン、あなたはここまでどうやって来たの？」

「乗り合い馬車を使ったり、歩いたりだよ」

乗り合い馬車は街と街を移動するための乗り物だ。元の世界でいえばバスや電車みたいなもの。お金を払って決まった目的地に向かう交通手段になる。高い乗り合い馬車だと護衛付きになったりする。

馬車の護衛依頼はたまに見かけるが、普通は冒険者と長期契約している場合が多いみたいだから、冒険者ギルドボードに貼られることは少ない。

「う～ん。そうね。ユナちゃん、頼める？」

サーニャさんが少し悩んでわたしに頼んでくる。

言葉を省略しているけど、くまゆるとくまきゅうのことを言っているのだろう。わたしは問題はないので、頷いておく。

馬車などで行くと時間がかかる。だからわたしとしても、くまゆるとくまきゅうでの移動のほうが助かる。

日程と移動手段を決め、出発当日の朝に冒険者ギルドで会う約束をして別れた。

冒険者ギルドを出たわたしは、クマの転移門を使って一度クリモニアに戻り、フィナとティルミナさんに遠出することを伝える。

「ユナお姉ちゃん、気をつけてね」

「なにかあれば、クマフォンで連絡するんだよ」

わたし的にはフィナたちのほうが心配だ。だから、フィナには、クマフォンで連絡するようにしっかり言っておく。

クマの転移門があればすぐに駆けつけることができる。

「ユナちゃんは強いし、くまゆるちゃんもくまきゅうちゃんもいるから大丈夫だと思うけど、なるべく早く帰ってきてね。孤児院の子供たちも長い間会えないと心配すると思うし、

「フィナもシュリも寂しがるから」

「なるべく早く帰ってきますよ」

ティルミナさんと約束をする。

なにか、こうやって心配されるのは嬉しいものだ。元の世界じゃ、あまり経験できなかった。

いざとなればエルフの村にクマの転移門を設置して、帰りの時間を短縮することができる。ただ問題は、サーニャさんやルイミンにクマの転移門のことを話せないことぐらいだ。


そして、出発当日、冒険者ギルドに向かう。

まだ日が昇り始めたばかりの時間だ。

う〜、眠い。

こんな早くに出発しなくてもいいと思うけど、門の出入りが混む前に出たいそうだ。

確かに、王都の出入りは混む。わたしは欠伸をしながら、冒険者ギルドに向かう。早朝は人が少ないからよかったかもしれないと考え直す。人のことを指さす子供もいないし、ひそひそとした話し声も聞こえてこない。

ときおり、わたしのことを見てビックリする人はいるけど、人が多い時間に比べればないに等しいぐらいだ。

冒険者ギルドの前に到着すると、サーニャさんとルイミンの2人がすでに待っていた。

「お、おはよう～ございます」

欠伸をしながら挨拶をしてしまった。

「ユナちゃん、眠そうね」

「こんなに朝早く起きることはないので」

いつもなら、あと1、2時間は寝ている。

別に朝起きて仕事をするわけでもないし、移動するにしても、くまゆるとくまきゅうの速度なら、あっという間だし、王都に行くにしてもクマの転移門もある。早起きをする理由がない。

フィナが解体の仕事で家に来るときも、日が昇ってからやってくる。

「2人は大丈夫そうだね」

「わたしたちエルフは、日が昇ると同時に起きる習慣だからね」

サーニャさんはそんなことを言うが、ルイミンがすぐに否定する。

「お姉ちゃん！　なにを言っているの。わたしが起こさなかったら、いつまでも寝ていたでしょう。いくら起こしても起きないし。それに、さっきまでお姉ちゃんも欠伸をしていたでしょう」

ルイミンが暴露する。

そうなんだ。それじゃ、欠伸が出ても問題はないよね。

わたしは我慢しないで、もう一回、欠伸をする。

出発したら、くまゆるとくまきゅうの上で寝よう。

「今日は違うわよ。昨日の夜遅くまで仕事をしていたから、起きられなかっただけよ。決して、普段から起きられないわけじゃないわ」

サーニャさんの欠伸はわたしと違って理由があったみたいだ。

「それでユナさん、馬か馬車はどこにあるんですか？」

ルイミンがおかしなことを言いだす。

どうして、わたしが馬を用意しないといけないのかな。

わたしとサーニャさんが不思議そうにルイミンを見ると、慌てて説明をし始める。

「だって、先日、お姉ちゃんがユナさんに移動手段をお願いしていたから、ユナさんが馬車か馬を用意してくれるんだと思っていたんです。もしかして違ったんですか？　それとも、乗り合いの馬車を予約してあるんですか？」

サーニャさんのほうを見ると小さく笑っている。

どうやら、くまゆるとくまきゅうのことを黙っていたらしい。

妹をからかって楽しんでいるようだ。

「ルイミン、大丈夫よ。ユナちゃんはちゃんとエルフの村に向かう手段を用意してくれているから」

「そうなんですか？」

わたしのほうを見るので、頷く。

嘘（うそ）ではない。

「それじゃ、早く出発しましょう」

サーニャさんは門に向けて歩きだす。

そのあとを首を傾（かし）げたルイミンが追う。

223　クマさん、エルフの村に向けて出発する

商人や乗り合いの馬車が出発する中、わたしたちも門の外に出る。

「えっと、まさか、歩いていくんじゃないですよね？」

不安そうにルイミンが尋ねてくる。

まあ、なにも説明をされないまま門の外に出てくれれば、不安にもなるよね。

わたしたちは人通りの少ない場所に移動する。

「このあたりでいいかな？」

わたしは両腕を伸ばすとくまゆるとくまきゅうを召喚する。

「な、な、なんですか！」

ルイミンが叫び声をあげる。

「くまゆるとくまきゅうだよ。ルイミンには紹介したよね」

「くまゆるちゃんとくまきゅうちゃん？　でも、もっと小さくて」

ルイミンは手で子熊のくまゆるとくまきゅうの大きさを作る。

「ルイミンが見たのは子熊化した状態だからね」

わたしはくまゆるとくまきゅうを子熊化する。

すると、今度は別の方向から驚きの声があがる。

「ユナちゃん！　この小さなクマはなんなの⁉」

今度はサーニャさんが目を丸くして驚いている。

そういえばサーニャさんは子熊化のことは知らなかったんだ。

「くまゆるとくまきゅうは通常の大きさから、この小さい子熊の大きさに変えたりすることができるんだよ」

「そんなことが……」

サーニャさんとルイミンは子熊化したくまゆるとくまきゅうをそれぞれ抱きかかえる。

姉妹揃って同じ行動をする。

わたしはくまゆるとくまきゅうを離してもらうと、元の大きさに戻す。

「不思議ね」

「不思議です」

「それじゃ、2人はくまゆるに乗って」

「もしかして、くまゆるちゃんたちに乗っていくんですか？」

「馬よりも速いし、乗り心地もいいよ」

サーニャさんとルイミンはくまゆるに近寄る。

「クマに乗るなんて初めての経験ね」

「普通はクマに乗ることはないからね」

くまゆるが背中を向けると、ルイミンが先に乗り、その後にサーニャさんが乗る。

「えっと、くまゆるちゃん、よろしくね」

わたしもくまきゅうに乗り、優しく撫でてあげる。

「今日もお願いね」

くまきゅうは小さく鳴いて返事をしてくれる。

「落ちないとは思うけど、くまゆるの上で暴れたりしないでね。それじゃ行きますよ」

わたしたちはエルフの村に向けて出発する。

「速いです」

「速いわね」

「こんなに速く走って、くまゆるちゃんは大丈夫なんですか？」

ルイミンは心配そうにする。

速いといっても、馬が普通に走るよりも少し速いぐらいだ。

もっと速度を上げることもできるが、長い道のりだから、くまゆるとくまきゅうに負担をかけたくないため、速度は落としている。

それに、どこまでくまゆるとくまきゅうの力を開示していいのかも分からないしね。

だから、馬よりも少し速く、持久力があることにしている。

持久力があれば馬よりも長時間走る理由になる。

「休憩は入れるから大丈夫だよ。それで、サーニャさん、まずはラルーズの街に向かうんだっけ？」

先日話し合ったときに、向かう先の街の名前を聞いた。だけど、場所と距離は把握していない。

道案内してくれる、サーニャさんとルイミンがいるからいいかな、と思ったりしたからだ。どのような道を通りエルフの村に向かうかは2人にお任せだ。

わたしは移動手段を提供して、ついていくだけだ。

「ええ、その街が隣の国に隣接している街だからね。そこから隣の国、ソルゾナーク国に入るわ」

サーニャさんの話では、ラルーズの街に行くまでの間には町や村があるそうだけど、そこに立ち寄るかどうかはそのときの状況次第で決めるそうだ。

地図は作りたいけど、街に寄りたいかは別の話だ。

クマの格好じゃなければ、街の中を見物するのもいいんだけど。わたしにとっては難しい問題だ。

一人旅ならともかく、今回はサーニャさんとルイミンがいる。2人には迷惑をかけたくない。

とりあえず、今日は朝が早かったから眠い。

空を見れば晴れ渡っている。陽射しが気持ちいいから寝るにはちょうどいい。このままくまきゅうに体を預けて眠りたい気分だ。

でも、横を並走する2人が話しかけてくるのでなかなか眠ることができない。

「それにしても召喚獣のクマが小さくなるなんて聞いてなかったわ」

「わたしは大きくなるなんて聞いてなかったです」

2人は別の理由でわたしを責める。そんなことを言われても困る。言いふらすことでもないし、今回の件は言うタイミングがなかっただけだ。

「でも、可愛いですね」

ルイミンはくまゆるの頭を撫でる。

その姿には恐怖心は見えない。

「そういえばルイミンは、初めてくまゆるを見たときも怖がってはいなかったね」

驚いていたけど、怖がられるよりはいい。くまゆるとくまきゅうが怖がられると悲しくなるからね。

「エルフの森にも可愛いクマの親子がいます。そのおかげで怖くないのかもしれません」

「襲ってきたりしないの？」

「人懐っこいクマだから、大丈夫ですよ。それに襲われたとしても、クマに後れをとったりしません」

話を聞いて安心する。

別のクマとはいえ、怖いとか言われないでよかった。

まあ、クマは実際は怖い生物なんだけど。

くまゆるとくまきゅうと一緒にいると、そのあたりの感覚が麻痺してくる。

移動は順調で、人がいるのが見えた場合は驚かせないように少し離れて移動するようにしている。

馬などを驚かせて、暴れられたら大変だからね。

途中で何度か休憩を入れ、そのたびにくまゆるとくまきゅうを乗り換える。片方だけに乗り続けると、片方がいじけてしまうからね。

「いじけるんですか。そう考えると可愛いですね」

「笑いごとじゃないよ。いじけるとこっちを見てくれなくなるんだよ。機嫌を直すのは大変なんだからね」

といっても、一晩一緒にいれば大概は機嫌を直してくれる。だからといって、機嫌が悪くなると分かっているのに、わざわざすることはない。

何度目かの休憩のとき、サーニャさんが今日の予定を切り出してくる。

そろそろ日が暮れてくる時間だ。

「このままくまゆるちゃんたちが走れば、次の町に着くと思うんだけど」

「今日はその町に泊まるんですか？」

ルイミンが尋ねる。

町か。別にいいんだけど、微妙なところだ。

「でも、まだ距離があるのよね。だから、無理はしないで、今日はこのあたりで野宿をしようと思うんだけど、どうかしら」

たぶん、くまゆるとくまきゅうなら大丈夫だ。走れるし、間違いなく町に到着することができる。でも、サーニャさんはくまゆるとくまきゅうを気遣ってくれている。召喚獣だからといって無理に走らせたりしない。そんなサーニャさんの気持ちが嬉しい。

「わたしも野宿でいいよ。くまゆるちゃんとくまきゅうちゃんに無理をさせたくないです。それに一日で凄く進んだよ。くまゆるちゃんとくまきゅうちゃん、凄いです」

「本当よね。わたしもまさかここまで来られるとは思わなかったわ。この子たちは疲れを知らないのかしら」

サーニャさんは優しい目でくまゆるとくまきゅうを見ながら尋ねてくる。

わたしだって詳しいことは分からない。それに、くまゆるとくまきゅうの限界を知ろうとは思わない。

限界を知るってことはくまゆるとくまきゅうに無理をさせるってことだ。そんなことをさせたくないし、させるつもりもない。

だから、疲れた様子がなくても休憩は入れるし、最高速度で長時間走らせることもしない。

「ユナちゃんも野宿でいいかしら」

「野宿をするならあの場所でいいですか?」

わたしが指さす先にはクマハウスを出しても街道からは死角になりそうな木が数本ある。

エルフの村まで、どのくらいかかるか分からないけど、今後も野宿をすることになる。

それなら、早めにクマハウスのことを話しておいたほうがいい。

「ええ、いいわよ。それじゃ、今日はあの木の下で野宿をしましょう」

疑うこともせずに、わたしの案を呑んでくれる。

わたしは木の近くに移動してから2人に話す。

「サーニャさん、ルイミン、ちょっといいかな」

「なに？」

「今から出すものは、他の人には黙っていてほしいんだけど」

「なにを出すの？」

「よく分かりませんが、黙っていてほしいと言われたら、誰にも話しませんよ」

ルイミンは即答で承諾してくれる。

わたしはサーニャさんのほうを見る。

「分かったわ。わたしも誰にも言わないわ」

2人に約束してもらい、わたしはクマボックスから旅用のクマハウスを取り出す。

「……クマ⁉」

「……家⁉」

2人が同時に口にした言葉は違うけれど、驚いていることには変わりない。

「ユナちゃん、これはなにかしら？」

サーニャさんはクマハウスを指さしながら尋ねる。

「家ですけど」

それしか答えようがない。

「お姉ちゃん、王都じゃ、家は持ち運びができるの？」

「普通はできないわね。でも、ユナちゃんのアイテム袋は最上級のものだから可能なのかしら？」

そういえば、魔物を一万匹倒したときに、面倒だからと、そんな説明をしたことを思い出す。

「最上級のアイテム袋ですか」

ルイミンがくまゆる、くまきゅう、クマハウス、クマさんパペット、最後にわたしを見る。

「ユナさんって何者なんですか？」

なんとも答えづらい質問を。

「普通の冒険者だよ」

とごまかして、２人にクマハウスに入るよう促す。

２人は納得していないようだったけど、それ以上は追及してこなかった。

224　クマさん、エルフ姉妹とお風呂に入る

くまゆるとくまきゅうを子熊化して、サーニャさんとルイミンを連れてクマハウスの中に入る。

「それじゃ、夕飯の準備とかするから、2人は適当に座ってて」

「手伝うわよ」

「それなら、わたしも」

サーニャさんの言葉にルイミンも、手伝いを申し出てくれる。

「大丈夫だよ。2人は休んでいて」

2人に休んでもらうと、わたしは食事の準備の前にお風呂場へ向かい、湯船とタオルの準備をしておく。温まってから寝たいからね。

お風呂の準備を終え、キッチンに戻ると、食事の準備を始める。

夕飯はいつもどおりのモリンさんの作ったパンと、アンズが作ったスープだ。あとは適当に野菜を盛りつけ、バランスがいいように心がける。

料理をテーブルに運ぶ。

「あら、美味しそう」

「本当です」

「ユナちゃん、ありがとうね」

「ありがとうございます」

「それじゃ、食べよう」

わたしたちは食べ始める。

「美味しい」

「スープも温かくて美味しいです」

「お代わりもあるから言ってね」

「まさか、野宿のはずが家で食事ができるとは思わなかったわ」

サーニャさんはあらためて部屋を見回す。

「雨が降っても、濡れずに休憩ができます」

ルイミンがしみじみと言うので、旅の途中でルイミンが雨に濡れた姿が想像できてしまう。

「それと見張りもしないでいいんですよね」

ルイミンは少し嬉しそうに言う。

でも、ルイミンの気持ちも分かる。わたしだって夜中の見張りなんてしたくない。

想像しただけで睡魔が襲ってくる。

「家があるとしても見張りは必要でしょう。もしかすると、盗賊が襲ってくる可能性もあるわ」

サーニャさんの返答でルイミンの顔に影が落ちる。

「見張りなら大丈夫だよ。この子たちがいるから」

わたしの足元で丸くなっているくまゆるとくまきゅうを見る。

「くまゆるちゃんとくまきゅうちゃん？」

「この子たちが危険があれば教えてくれるから、見張りは必要ないよ」

自分たちのことを言われたのが分かったのか、くまゆるとくまきゅうは顔を上げて「「くぅ〜ん」」と鳴いてみせる。

「くまゆるちゃんとくまきゅうちゃん、凄いです」

「本当に凄いわね」

2人は感心したようにくまゆるとくまきゅうを見る。

「だから、安心して寝てていいよ」

「もしかして、町や村に寄る必要がないのかしら」

わたしの言葉にサーニャさんはそんなことを言い出す。

まあ、寝るのに困らないし、食料もクマボックスに入っているし、お風呂もある。旅に必要なものは揃っている。そう考えると、遠回りして町や村に寄る必要はないかもしれない。

わたしとしても、泊まるためだけに町に寄るのは遠慮したい。

食事を終え、わたしたちは食後の休憩をしている。

ルイミンはくまゆるとくまきゅうと遊んでいる。そんなルイミンをサーニャさんとわたしが見ている。

「それでユナちゃん、わたしたちはどこで寝ればいいのかしら。もちろん、ここでも十分だけど」

「部屋はあるから大丈夫だよ。でも、その前にお風呂に入ってもらえますか」

「お風呂？」

「もしかして、エルフはお風呂に入らない？」

脳裏に水浴びをするエルフが浮かぶ。だから、エルフはお風呂に入らない可能性がある。

「入るけど。でもお風呂？」

どうやら、エルフも入るみたいだ。

「それじゃ、お風呂を用意したから、入ってから寝てもらえますか」

日が出る中、一日中、くまゆるとくまきゅうに乗って移動している。汗ぐらいかいているはずだ。布団に入る前には汗を洗い流してほしい。

「そういうことを聞いているんじゃなくて、この家、お風呂があるの？」

「ありますよ」

わたしは2人を風呂場に案内する。

「タオルはそこのを使って。着替えはあるよね。寝るときだけでいいので着替えてね」

なるべく、綺麗な格好で寝てほしい。

わたしが説明すると、サーニャさんとルイミンが不思議そうにわたしのことを見ている。

「ユナちゃん、いいかしら」

「なんですか？」

「非常識すぎるわ」

おかしい、常識を言ったら非常識扱いされた。

でも、同じようなやり取りをクリフともした記憶が甦ってくる。

「お姉ちゃん。これは王都の常識じゃないよね」

「これは非常識っていうのよ」

凄い言われようだ。

「まあ、疲れを取る意味を兼ねて、ゆっくりとお風呂に入って。2人一緒でも入れるから」

過去にフィナ、ノアと3人で入ったこともある。

だから、十分な大きさはある。

「2人って、3人でも大丈夫そうね。せっかくだから、話もしたいし、ユナちゃんも一緒に入りましょう」

風呂場を覗きながらサーニャさんがそんなことを言い出す。

「わたしは後でも」

「ダメよ。それならわたしたちが後よ。わたしたちはお客様じゃないんだから」

「そうです。わたし、ユナさんのお背中を流しますよ」

「別に流さなくていいよ」

ルイミンまでそんなことを言いだす。

わたしは一人で入浴すると説得を試みたが、見事に失敗してしまい、結局3人一緒に入ることになってしまった。

サーニャさんは流石エルフというべきか、綺麗な体をしている。胸はそれほど大きくないが、スラッとしていて、くびれが凄い。薄緑色の長い髪が背中に垂れる。大人の女性って感じだ。

ルイミンの体は幼さが残っているがとても細い。胸の大きさは友達になれそうだ。それにしても、姉妹の体型を見るとエルフは太らない体質なのかな。

漫画やゲームでも太ったエルフは見たことがない。

わたしも着ぐるみを脱いで裸になる。そんなわたしをルイミンが見ている。

「ユナさん、綺麗な髪をしていますね」

「ルイミンの髪も綺麗だよ」

姉妹ということもあって、サーニャさんに似て綺麗な髪をしている。

ルイミンもわたしも準備ができ、サーニャさんのほうを見ると、手首にしている腕輪を外していた。

腕輪には綺麗な緑色の宝石がついている。流石大人の女性というべきか、綺麗に彩飾してあり、おしゃれな腕輪だ。

「それじゃ、先に行きますね」

裸になったルイミンが風呂場に入る。

その瞬間、サーニャさんがルイミンの腕を掴む。

「ルイミン、待ちなさい」

「なに？　お姉ちゃん」

「あなた、腕輪はどうしたの？」

サーニャさんがルイミンに腕輪のことを尋ねた瞬間、ルイミンの顔色が変わった。

「今まで気づかなかったけど。あなた腕輪をしていなかったわね」

「それは……」

ルイミンは言い淀む。

腕輪って、サーニャさんがしていた綺麗な腕輪のことだよね。

「腕輪はどうしたの！」

「お姉ちゃん、痛いよ」

なんか、いきなり険悪な雰囲気なんだけど。

「よく分からないけど、お風呂に入りながらでいいかな？」

流石に裸のまま脱衣場にいたくない。

わたしの言葉を理解してくれたのか、サーニャさんはルイミンの腕を放す。

体を洗っている間、サーニャさんは睨むようにルイミンを見て、ルイミンは体を縮こまらせながら洗っている。

う～ん、やっぱり、さっきサーニャさんがしていた腕輪と関係あるのかな？

綺麗な腕輪だったし。

ルイミンの反応を見ると、なくしちゃったのかな。

「ルイミン、いつまで洗っているの。早くこっちに来て説明しなさい」

湯船に来ないルイミンにサーニャさんが声をかける。

ルイミンは怯えながら湯船に入る。

「それじゃ、説明をしてもらえる？　あなたが腕輪をしていない理由を」

「……売っちゃいました」

「……ルイミン！　あの腕輪がわたしたちエルフにとってどれだけ大切なものかわかっているの！」

「ごめんなさい」

ルイミンは体を小さくして謝る。

「詳しく説明をしなさい」

ルイミンの説明によると、王都に向かうのに資金がなくなってしまったそうだ。それで、お金を稼ぐ方法を探していると、冒険者に声をかけられたそうだ。

お金を稼ぐ方法があるといって。

「その方法ってなんなの？」

「荷物運びと荷物の片づけの仕事でした」

なんでも、その荷物の中には貴重な絵があり、片づけているときに破ってしまったそうだ。

ここまで話を聞いたら、わたしでも分かった。

「弁償するお金がなくて」

「それで手放したのね」

話を聞いたサーニャさんはため息を吐く。

ルイミンは小さく頷く。膝を抱き、体育座りのように湯船の中に座っている。

「はあ、話は分かったわ。でも、取り戻さないといけないわね」

「でも、お金が」

「そのぐらいのお金はあるわ。お姉ちゃんに任せなさい」

「お姉ちゃん。ごめんなさい」

なんか、いい感じで収まっている。

どうにか険悪なまま旅を続けないですみそうだ。

一応、一安心かな。

「その腕輪って、そんなに大切なものなの？」

「わたしたちの村では大切なものなのよ。腕輪は親から与えられるものなの」

なんでも、子供が生まれると親は精霊石と呼ばれる石を身につけ、子供が10歳になるときにその精霊石を使った装飾品を贈るという。

ちなみに、腕輪でなくてもいいらしい。ネックレスや髪留めなどいろいろあると説明してくれる。

「親が子の身の安全を願って贈る大切なものなのに、この子ったら」

「ごめんなさい」

「もう、いいわよ。悪気があって売ったわけじゃなかったのが分かったから。あなたがドジなのを忘れていたわ」

ブクブク。

ルイミンはお湯に顔を半分ほど浸けて、口から息を吹いている。

「でも、黙っていないで、話してほしかったわ」

サーニャさんはルイミンの頭に優しく手を乗せる。

「エルフにとって大切なものってことは分かったけど。その腕輪はお金になるほど価値があるの？」

エルフにとって価値があるものでも、普通の者に価値があるかは別問題だ。

高級な絵がいくらするか分からないけど、弁償といっても、価値がなければ売れない。

「腕輪をつけた人は風の加護を受けることができるの」

「簡単に言えば風魔法を強化できるの。だから、知っている者ならお金を出してでも欲しがるわ」

「風の加護?」

なに、そのパワーアップアイテム。

ちょっと、欲しいかも。

でも、現状のクマさん装備をパワーアップしても意味がないかな?

今のクマさん装備も強いから十分だ。ゲームでなら欲しいアイテムだったね。

無事にエルフ姉妹は仲直りをして、風呂からあがる。

わたしは、着替えを白クマと黒クマのどちらにするか悩むが、黒クマのままにしておく。

2人に白クマ姿を見られると、面倒くさそうだからだ。

髪をドライヤーで乾かしてから2人を部屋に案内する。クリフたちが使った部屋だ。

ちゃんと部屋の掃除もシーツの洗濯もしてある。

男臭さは残っていないはず?

「ベッドがある」

「この部屋を使っていいの?」

「自由に使っていいよ」

2人は部屋の中に入る。

「くまゆるちゃんとくまきゅうちゃんでの移動に、夜の見張り、それに温かい食事に風呂、さらには暖かい布団。どっちが連れていってもらっているのか分からなくなってくるわね」

といってもわたし一人ではエルフの村には行けない。道案内は必要だ。

「魔物が出たらわたしがユナさんを守ります」

拳を突き上げるルイミンを見て、サーニャさんは微笑んだ。

225　クマさん、雨宿りする

旅の間は寝坊もできないので、くまゆる&くまきゅう目覚まし時計を設置する。

朝になると、いつもどおりに肉球パンチで起こしてもらい、くまゆるとくまきゅうにお礼を言ってから一階へ向かう。

「ユナちゃん、おはよう」

「ユナさん、おはようございます」

下に下りるとサーニャさんとルイミンは、すでに起きていた。

「早いですね」

「ルイミンに起こされたからね。あと、ユナちゃんほどの美味しい朝食は作れないけど、用意をしたから、食べてもらえる?」

テーブルの上に3人分のパンと飲み物が用意されている。

わたしはありがたく、いただくことにして椅子に座る。

「ちゃんと眠れた?」

「ええ、あんなに気持ちいい布団で眠れないわけがないわ」

「はい、布団ふかふかでした」

「干しておいてよかったよ」

わたしはサーニャさんが用意してくれたパンを食べながら話を聞く。

やっぱり、パンはモリンさんが作ったパンのほうが美味しい。サーニャさんが用意してくれたパンも不味くはないけど。モリンさんのパンには敵わない。

朝食を終えたわたしたちはエルフの村に向けて出発する。

向かうのは国境の街ラルーズだ。わたしたちが目指していた街であり、ルイミンが仕事をして絵を破ってしまい、弁償するために腕輪を売ってしまった街でもある。

「う～ん、売ってしまった商人に話を聞く前に、冒険者に話を聞いたほうがいいかしら。冒険者が仕事を持ってきたなら、詳しいことを知っているだろうし」

「冒険者の皆さんですか？」

「ええ、そのほうが商人に話が通りやすいかもしれないからね」

サーニャさんが冒険者について尋ねる。

「女性だけのメンバーで、リーダーはミランダさんです。わたしが冒険者ギルドで困っているところを助けてくれました。わたしがお金に困っていると知ると、仕事に誘ってくれたんです。仕事も優しく教えてくれたいい人たちです」

ルイミンは笑顔で冒険者たちについて話してくれる。

「でも、わたしのミスのせいで、皆さんには迷惑をかけることになって」

「確か、仕事って荷物を運ぶのと片づけだっけ？」

「はい、荷物を運んで、それを片づける仕事でした」

ルイミンはその片づけをしているときに絵を破ってしまったそうだ。

う～ん、話だけを聞いていると、冒険者と商人がグルで、騙されたんじゃないかと勘ぐってしまう。

ルイミンの腕輪のことを知っている冒険者が近づいて、安物の絵をルイミンに壊させて弁償させる。漫画や小説では定番の手段だ。

でも、そんな証拠はないし、ルイミンは冒険者のことは信じているみたいだ。

こんなことを考えるわたしって、漫画や小説、ゲームの影響を受けすぎているのかな。

「商人のほうはどうなの？　お金を払えば返してくれそうなの？」

「たぶん、大丈夫かと……」

なら、問題はないけど。

「でも、価値がある腕輪だから、欲しい人はいると……」

それって、ダメじゃん。

すでに売られてしまっているパターンじゃない？

「今はまだ誰かに売られていないことを願うしかないわね」

確かに今のわたしたちには、願うことぐらいしかできない。あとは可能なかぎり急ぐくらいだ。

最悪、売られていたとしても、買い戻せればいいんだけど。

もし断られたら、エレローラさんからもらった紋章付きのナイフが役に立つかもしれない。

印籠的な感じで、〝返さないとフォシュローゼ家が〟的な。でも、そんなことで使っていいのかな？

使うと、見えないなにかが溜まっていきそうで恐い。まあ、それは最終手段としておこう。

くまゆるとくまきゅうに速度を上げてもらう。

「本当に速いわね」

「はい。こんなに走り続けられるくまゆるちゃんとくまきゅうちゃんは凄いです」

「まさか、ここまで速いとは思わなかったわね」

順調に走っているが、進む先の雲行きが怪しい。雲がどんよりと黒い。気象予報士でないわたしでも雨が降りそうってことが分かる。

「くまゆるちゃんたちなら今日には着くと思ったんだけど」

流石にわたしでも自然には勝てないし、天気を変更する魔法も使えない。もし、天候を変えることができたら、もう神様だね。

そんなことを考えていると、ポツポツと雨粒が落ち始める。クマ装備に落ちるが、染み込むことはなく、雨粒は流れ落ちていく。

再度、空を見る。大降りになるのも時間の問題だ。

「ユナちゃん、家をお願いしてもいい？」

サーニャさんはクマハウスで雨宿りすることを提案する。

もちろん、わたしは了承する。

くまゆるとくまきゅうを雨の中走らせたくないし、わたしも走りたくない。

雨が本格的に降り始める前に、クマハウスを出しても目立たないところを探す。

「くまゆる、あそこに向かって」

わたしのクマさんパペットがさす先には、少し木々があり、クマハウスを出すにはいい場所があった。くまゆるは「くぅ～ん」と鳴くと速度をあげる。


「どうにか間に合ったみたいね」

雨が本格的に降ってくる前にクマハウスに逃げ込むことができた。

2人とも駆け込むときに少しだけ濡れてしまった。わたしはクマさんの装備のおかげで濡れていない。くまゆるとくまきゅうも大丈夫みたいだ。

「本当に、この家は便利ね」

「普通ならもっと濡れているところです」

「木の下に逃げ込んでも、完全には防げないし、強い風が吹けば、もう無理ね」

「この雨、すぐにやむかな?」

外はすでにどしゃぶり状態になっている。

もう少し遅れていたら、ずぶ濡れになっていた。

「あの黒い雲を見れば、無理でしょうね」

わたしは話をしている2人に温かい紅茶を出してあげる。

確かに、あの黒い雲を見る限りだと、今日一日は無理だと思う。明朝にやんでいればいいところだろう。

サーニャさんは無理に進むことはないと言うので、今日はのんびりすることにする。

2人は楽しく会話を始める。

久しぶりに会ったんだから、積もる話もあるはず。王都にいたときはサーニャさんの仕事のせいで、あまり話せていなかったようだ。

2人で話したいこともたくさんあるはずだ。あいにくの雨で動けない。2人だけにさせてあげることにする。

わたしは2人に部屋で休むことを伝えて、くまゆるとくまきゅうを連れて部屋に向かう。

わたしは部屋に入ると机に向かう。そして、クマボックスから紙を取り出して、以前から考えていたトランプを作ることにする。

トランプの4つのマークはこの世界に馴染みがある火、水、風、土のマークにする。

問題はジャック、クイーン、キングをなににするかだ。国王やクリフの絵柄にしてもつまらないし、あとで問題が起こりそうだから却下する。

あと、思いつく絵柄といったら「クマ」しかない。

トランプを作ったら孤児院の子供たちやフィナと遊ぶんだから、国王やクリフよりはクマのほうがいいだろう。今さら、クマを否定することもない。

そんなわけでキング、クイーン、ジャックの絵柄は二等身キャラのクマにする。

わたしは外が大雨の中、部屋の中でチマチマと絵を描く。

キングのクマは王冠を被り、クイーンのクマは女王っぽいドレスを着せて、ジャックのクマには剣を持たせる。

もちろん、ジョーカーもクマにする。

裏面は白紙のままだけど、印刷ができるようなら、クマの絵柄を印刷したい。サンプルとして裏面用の絵も描いておく。

集中して描いていたら、いきなり背中に何かがダイブしてくる。

なにかと思って振り向くとくまゆるだった。

「どうしたの？」

コンコン。

くまゆるが返事をする前にドアがノックされていることに気づいた。

「ユナさん、いますか？　もしかして、寝ていますか？　開けますよ？」

ドアが開き、ルイミンが入ってくる。

「ルイミン、どうしたの？」

「ユナさん、起きているなら返事をしてくださいよ」

「ごめん、作業に夢中で気づかなかった」

机の上に散らばっているトランプを集めて、クマボックスにしまう。

「それで、どうしたの？」

再度、尋ねる。

「夕飯はどうしますか？」

「もう、そんな時間？」

外を見ると雨雲のせいもあるのかもしれないけど真っ暗だ。雨もまだ降り続いている。

これは明日の朝まで降っているかな？

わたしとルイミンは夕食の準備をするため、下の階に下りる。その後をくまゆるとくまきゅうもついてくる。

食堂に着くと食事の準備に取りかかる。

ほとんどがクマボックスから出すだけだから、そんなに手間じゃない。本当にクマボックスには感謝だ。

夕飯も食べ終わり、のんびりしていると、外の様子を見に行っていたサーニャさんが戻ってきた。

「この雨じゃ、明日、ラルーズの街に到着しても、しばらくは足止めになるわね」

「そうなの？」

「話していなかったかしら。ラルーズの街は大きな川があって、隣の国に行くには船を使うのよ。だから、雨がやんだとしても、しばらくは船を動かせないと思うわ」

そんな話は聞いていないよ。

でも、川か。

確かに大雨のあとの川は流れも速いし危険だ。元の世界でも、人が流されるニュースはよく耳にした。

サーニャさんは紅茶を飲みながら、ラルーズの街のことを教えてくれる。

なんでも、ラルーズの街には大きな川があるらしい。その川が国と国との境になっているとのこと。川の反対側が隣の国、ソルゾナーク国になるらしい。

そのソルゾナーク国に行くには船を使うとのこと。

川の反対側にも大きな街があり、深い交流があるらしい。

話を聞くと、少し楽しみでもある。お互いの国のものがたくさんありそうだ。

中間地点として、クマの転移門を設置したいところだ。そのへんは街に行ってから考えるかな。

「ルイミンも船に乗ったの？」

「はい、乗りました。大きいですよ。馬車が何台も乗れるんですよ」

そんなに大きいのか。渡し舟とかじゃなくて、しっかりとした大きな船みたいだ。

226 クマさん、ラルーズの街に到着する

翌日、目が覚めると雨は降っていなかったが、まだ空はどんよりとしている。

出発はできるけど、いつ雨が降ってもおかしくはない。とりあえずは、進めるだけ進むことになった。

昨日の雨のせいで、地面が酷いことになっている。場所によっては水たまりが酷く、馬車では通れないところもありそうだ。

くまゆるとくまきゅうに乗っているわたしたちは進むことができるが、くまゆるとくまきゅうの足が汚れる。特にくまきゅうは白いから、余計に汚れが目立ってしまう。送還すれば綺麗になるけど、少し可哀想だね。

速度をあげると泥水が跳ねるので、ゆっくり走るようにする。

「見えたわ」

何度かの休憩を挟みながら進むと、街を囲う壁が見えてきた。雨が今にも降りそうだったが、なんとか降りだす前にたどりつけてよかった。

このままくまゆるとくまきゅうに乗って進むと騒ぎになるので、送還したいことをサーニャさんに伝える。

「そうね。これ以上近づくと、誰かに見られて、騒ぎになるかもしれないわね」

わたしたちはくまゆるとくまきゅうから降りる。

「ここまで乗せてくれてありがとうね」

ルイミンがくまゆるとくまきゅうにお礼を言っている。サーニャさんもルイミン同様にお礼を言って、くまゆるとくまきゅうを撫でる。

わたしも感謝の言葉をかけてから送還する。

「それじゃ、行きましょうか」

ここからは歩いてラルーズの街に向かう。

街は見えているからそれほどの距離ではないはず。街に近づくと、街から出ていく馬などが見える。

サーニャさんの話では、普段は街に出入りする人の数は多いというが、今日は少ないようだ。これも昨日の雨が原因みたいだ。わたしとしては並ばないですむから助かる。

門に近づくと、街の中に入る人は誰もなく、わたしたちは待つこともなく街の中に入ることができた。

そのときに対応してくれた門番が驚いていた。

「嬢ちゃん。その格好はなんだ？」

「クマだけど」

いつものことだけど、それしか答えようがない。

「そんな格好でここまで来たのか？」

「気にしないでもらえると助かるよ」

「そうか。嬢ちゃんにもなにか理由があるんだな」

門番は勝手に納得したのか、それ以上は聞いてくることはなく、わたしはギルドカードを水晶板に翳す。

もちろん、水晶板は犯罪者を示す赤色には変化しない。

門番は一言「入っていいぞ」と言う。

大きな街の門番をしていれば、いろいろな人に出くわす。だから、スルー技術も高いんだろう。

わたしとしては助かるので、無言のまま街の中に入る。

その瞬間、視線が集まる。

「見られてますね」

「見られているわね」

うん、見られているよ。

いきなり、街の外からクマの着ぐるみの格好をした女の子が入ってくれば誰でも見るよね。

もう、いつものことだ。

それから、わたしたちは宿屋を取り、そのまま冒険者ギルドに向かうことにした。少しでも早くルイミンと一緒に仕事をした冒険者に会うためだ。

「ユナちゃんは宿屋で待ってる?」

それって、翻訳すると「一緒にいると恥ずかしいから、宿屋で待ってて」と言っているのだろうか。

冒険者ギルドにはわたしだって行きたい。

元ゲーマーとしては、ここまで来て宿屋でじっとしているなんてありえない。

それにルイミンに声をかけてきた冒険者というのも気になるし、そのまま商人のところに行くかもしれない。

ルイミンが知らない赤の他人なら気にしないけど。ここまで一緒に来て、仲良くなったのだ。だから、できればついていきたい。

「迷惑じゃなければついていきたいけど、サーニャさんが宿屋にいてほしいって言うなら我慢するよ」

サーニャさんにとって、わたしの返答は思っていたものと違うものだったらしく、少し慌てて否定をする。

「ユナちゃん、ごめんなさい。そんな意味で言ったんじゃないの。みんな、ユナちゃんのことを奇異な目で見ているでしょう。だから、ユナちゃんがそんな目で見られるのは嫌だろうと思って。それなら、宿にいたほうがいいかなと思っただけなのよ」

どうやら、わたしの勘違いだったみたいだ。気を遣ってくれていたらしい。

「わたしはいつものことだから、大丈夫だよ。2人が嫌じゃなければついていきたいけど」

「ルイミン？」

「だって、ユナさん一人で宿屋で待っているなんて可哀想です。一緒に行きましょう」

ルイミンが優しい言葉をかけてくれる。

少し嬉しい。

「そうね。それじゃ、3人で冒険者ギルドに行きましょう」

2人の優しい言葉で冒険者ギルドに向かう。

でも、その数分後。

「見られてますね」

「見られているわね」

先ほどと同じ言葉を口にする2人。

すれ違う人、立ち止まる人。視線は全てわたしに向けられている。

わたしはクマさんフードを顔が見えなくなるほど深く被る。

「急ぐわよ」

「うん」

　2人は人々の視線から逃れるように早歩きで歩きだす。

　ここは2人から距離をとってあげたほうがいいのかな？

　そう思って、2人から少し離れてあげる。

「ユナさん、なにやっているんですか、急ぎますよ」

　わたしが離れたことに気づいたルイミンが、わたしのところに駆け寄ってくると、クマさんパペットを摑み、引っ張り始める。

　どうやら、わたしの気遣いには気づいていないようだ。でも、このルイミンの行動は嬉しくもある。

　手を引っ張られながら、冒険者ギルドに到着する。

　王都にある冒険者ギルド並みに大きな建物だ。

「わたしはここのギルドマスターに挨拶をしてくるわ。ルイミンはその冒険者がいないか捜しておいて。ユナちゃんは……」

　サーニャさんはわたしを見て、黙り込む。

　なんですか、その沈黙は。

「トラブルにならないようにして」

　難しい注文をしてくる。

わたしだって、いつも好きでトラブルに巻き込まれているわけじゃない。トラブルのほうから近寄ってくるんだ。

まあ、クマの格好のせいで近寄ってくるといわれたら、それまでだけど。

とりあえず、なるべく善処することを約束する。

ギルドマスターに会いに行くサーニャさんと別れ、わたしは冒険者を捜すルイミンについていくことにする。

もし、ルイミンが騙されているようなら、それなりの報いを与えないといけない。

ギルドの中に入ると、外以上に視線が集まる。

「クマ?」「なんだ、あの格好は?」「あれ、クマよね」「女の子?」「どうして冒険者ギルドに?」「かわいい」「ルイミン?」「クマだな」

わたしに対する言葉の中に一つだけ違う言葉が交じる。

声の主を捜そうとしたら、相手のほうから出てきた。

「ミランダさん?」

「やっぱり、ルイミン」

ルイミンが見ている先には20代前半ほどの女性冒険者がいる。

「ルイミンがいるって本当?」

「本当にいる」

ルイミンがミランダと呼んだ人の後ろから2人の女性が出てくる。

「ミランダさん、お久しぶりです」

「久しぶりじゃないわよ。勝手にいなくなるから心配したのよ」

ミランダと呼ばれた女性冒険者はルイミンを力強く抱きしめる。

「く、苦しいです」

力強く抱きしめられたルイミンは苦しそうにする。でも、すぐに解放される。

「まったく、人を心配させておいて」

「ごめんなさい」

ルイミンがミランダっていう人に謝ると、もう一人の女性がやってくる。

「そうだよ。それも勝手に大事な腕輪をドグルードさんに渡して」

女性はルイミンの頰を指で左右に引っ張る。

「ご、めんなしゃい。みんなに迷惑をかけたくなくて」

「だからといって、わたしたちに相談もしないで、いなくなることはないでしょう」

「ごめんなしゃい」

ルイミンは頰の攻撃から解放される。

「でも、無事でよかったよ」

今度は優しくルイミンを抱きしめる。

「王都には無事に着けたの？」

最後に魔法使いの格好をした女性が話しかけてくる。

「はい。どうにか」

「エリエールはね、追いかけるって言っていたのよ」

「みんなだって、心配していたでしょう」

「そんなの当たり前でしょう」

この人たちがルイミンがお世話になった冒険者たちか。

ルイミンとの会話を聞く限り、騙して腕輪を奪(と)るような人たちには思えない。本当にルイミンのことを心配していたように思える。どうやら、杞憂(きゆう)だったみたいだ。

「それで、ルイミン。そのクマさんの格好をした可愛(かわい)い女の子は知り合いなの?」

ルイミンと一緒にいたわたしに視線が集まる。

「はい、お姉ちゃんと一緒に王都からここまで来ました」

「可愛い格好をしている子ね」

その言葉にルイミンは肯定も否定もしない。ただ、笑ってごまかしている。

ミランダさんがわたしを見ているので挨拶をする。

「ユナです。ルイミンとはお姉さんと一緒にここに来ました」

「わたしはミランダ。ルイミンとは少しだけ仕事をしたわ」

「わたしはエリエール。可愛い格好をしているね」

わたしににじり寄ってくる。

わたしは一歩下がる。

「ほら、怯えているわよ。離れて、離れて。わたしはシャーラよ。よろしくね」

シャーラと名乗った魔法使いの女性はわたしに抱きつこうとするエリエールと名乗った女性を引っ張る。

「だって、こんなに可愛い格好をしているんだよ。抱きしめないでどうするのよ」

「そんな力説しない！　ごめんね。エリエールは可愛い女の子が好きなのよ」

シャーラさんはエリエールさんの頭を殴り、わたしに謝罪をする。

その言葉にわたしはエリエールさんから一歩下がる。

「勘違いしないでね。わたしはノーマルだから」

さらにわたしは一歩下がる。

「うわーん、下がらないでよ。一回だけ、抱きしめるだけだよ。モフモフさせてくれればいいのよ」

「騒がしいと思ったら、やっぱりユナちゃんだったのね」

サーニャさんが戻ってくる。この人はいきなり現れて何を言うかな。今回はわたしのせいじゃないよ。

周りから笑いが起こる。

「サーニャさんのほうの話は終わったんですか？」

「ええ、話は終わったわ。もしかして、あなたたちがルイミンがお世話になった冒険者たち？」

わたしたちと一緒にいる女性冒険者たちを見る。

「はい、ミランダさんたちです」

ルイミンがそれぞれを紹介する。

「妹がお世話になったみたいで、ありがとうね」

「いえ、ルイミンが腕輪を手放すことになってすみません」

サーニャさんとミランダさんはお互いに挨拶を始める。

227　クマさん、商人と交渉する　その1

サーニャさんがギルドで部屋を借りたということなので、そこで話を聞くことになった。

そして、ひととおりの話を聞いたサーニャさんは呆れ顔になっていた。

なんでも、絵を破ってしまったルイミンは、ミランダさんたちに迷惑がかからないように腕輪を商人に渡して、ミランダさんたちになにも告げずに街を出ていってしまったそうだ。

「だって、わたしのせいでみんなに迷惑をかけたくなかったから」

「わたしたちは話し合いましょうって言ったでしょう」

「…………」

ルイミンは俯いて、みんなの顔を見ようとしない。

「腕輪のことを聞けば、エルフにとって大切なものだって言うじゃない」

「わたしたちが仕事に誘ったせいでこんなことになったんだから、全員の責任でしょう」

ミランダさんの言葉に2人も続けて、ルイミンに言葉をかける。

「でも、わたしが破いたのが悪いんだよ。ミランダさんたちは悪くないよ」

「誘ったわたしたちにも責任はあるわ」

「でも、あんな金額……」

「確かにそうだけど」

「だからといって黙って出ていくことはないでしょう。わたしたちがどれだけ心配したか分かっているの？」

「ごめんなさい」

ルイミンは体を縮こまらせて、小さな声で謝る。

うわぁ。わたしは心の中で3人の冒険者に謝罪をする。

ルイミンの腕輪が目当てだと疑ってごめんなさい。悪徳商人とグルかと疑ってごめんなさい。

ルイミンの話を聞いたときは、間違いなく悪い冒険者に騙されていると思っていた。実際はルイミンのことを心から心配している冒険者たちだった。冒険者ギルドでウロウロと仕事を探しているルイミンに声をかけて、王都まで行くお金がないことを知ると、自分たちの仕事を一緒にやらないかと誘う。ルイミンが仕事でミスをしても、一緒に対応を考えようとする。

元の世界でも、会ったばかりの人のミスで発生した罰金を押しつけないで、一緒に被ろうとしてくれるなんて人はいないと思う。

さらにルイミンが街から出ていった後の話を聞いたときは耳を疑った。

「それじゃ、腕輪は大丈夫なのね」

「はい、ルイミンが腕輪を置いていなくなったことを知って、ドグルードさんに交渉して、腕輪は他に売らないようにお願いをしました」

「いつになるか分からないけど、わたしたちが買い戻そうって決めたの」

「わたしたちみたいな、ランクの低い冒険者じゃ、いつになるか分からないけどね」

「みなさん……」

ルイミンが目を潤ませながら、ミランダさんたちを見ている。

そう、この人たちはルイミンの腕輪を取り戻すために商人に交渉をしていたのだ。

いつか買い戻すから、売らないでほしいと。

バカだ。はっきり言ってバカだ。知り合って間もない、赤の他人のために腕輪を買い戻そうなんて、普通はしない。

……でも、こういうバカは嫌いじゃない。

「この子のためにありがとうね。あらためてお礼を言うわ」

「いえ、結局、買い戻せていませんから」

「他に売らないようにしてくれていただけでも十分よ」

本当にそうだ。

ミランダさんたちが交渉をしていてくれなかったら、誰かに売られて買い戻せなかったかもしれない。

「このお礼はさせてもらうわ」

「わたしたちはお礼が欲しいわけじゃ……」

「お礼なら、ユナちゃんを抱きしめさせてもらえれば」

ミランダさんのとは別の言葉が聞こえたが無視しよう。

きっと、気のせいだ。

エリエールさんがわたしを見るが、クマさんフードを深く被り、視線を防ぐ。

話を終えると、最後にこの街のギルドマスターを紹介された。

まあ、こんなクマがいるから、トラブルになったらお願いね、ってやつだ。

ラルーズの街のギルドマスターはサーニャさんの頼みだったので、渋々と了承してくれた。

これで、暴れても大丈夫だね。

話を終え、冒険者ギルドを後にしたわたしたちは、ミランダさんの案内で商人のところに行って、腕輪を買い戻すことになった。

「ここがドグルードさんのお店です」

案内された場所は人通りも多く、立地条件がよさそうなお店だ。そして、店の前に大きな馬車が止まっている。綺麗に装飾され、いかにも金持ちが乗っていますと宣伝しているような馬車だ。

高い商品を扱っているから、購入する人もこの手の人種になるのかな？

馬車を眺めていると、ミランダさんを先頭にお店の中に入っていく。わたしも置いていかれないようについていく。

「いらっしゃいませ」

中に入ると店員らしき青年が挨拶(あいさつ)をしてくれる。

青年は店に入ってきたのがミランダさんだということに気づく。

「ミランダさん。今日はどうしたのですか？」

「ドグルードさんはいる？」

「はい、奥の部屋にいます。ただいまお呼びします」

青年が奥の部屋に呼びにいく。ほんの少し待つと、30歳前後の細い男性が青年と一緒にやってきた。その男性にミランダさんが近寄る。

「ドグルードさん」

どうやら、この人がこのお店の亭主であり、ルイミンの腕輪を持っているドグルードさんみたいだ。

「あれ、ミランダさん。今日はどうしたのですか？　それにルイミンも！」

ドグルードと呼ばれた男性はミランダさんと一緒にいるルイミンに気づく。

もちろん、わたしのことも気づくが、ルイミンの言葉で視線はルイミンに戻される。

「この間はすみませんでした」

ルイミンは頭を下げる。

「ドグルードさん、ルイミンの腕輪は売ってないですよね？」

「ああ、一応」

「よかった」

全員が安堵の表情を浮かべる。本当に売られていなくてよかった。

サーニャさんがルイミンの横に立ち、ドグルードさんに挨拶をする。

「わたしはこの子の姉のサーニャといいます。この子が破いた絵を弁償させていただきますので、腕輪を返していただけないでしょうか？」

「ルイミンのお姉さん⁉」

ドグルードさんがルイミンに目を向ける。ルイミンは小さく頷く。

「そうですか。ルット、お店は任せます。皆さんはこちらの部屋にお入りください。その件でお話しすることがあります」

わたしたちは奥の部屋へと通される。部屋は少し広めで、中央に長方形のテーブルがあり、左右に椅子が置かれている。ドグルードさんの仕事場になっている感じだ。

「どうぞ。お座りください」

ドグルードさんは一番奥の自分の席に、わたしたちはテーブルの周りにある椅子にそれぞれ座る。

ドグルードさんがチラチラとわたしのほうを見ているが、気のせいではないはず。

「それで、いかほどお支払いすれば、ルイミンの腕輪を返していただけるのでしょうか？」

ドグルードさんはサーニャさんの言葉に、視線を逸らし頭を下げる。

「申しわけありません。あの腕輪はお返しすることができなくなりました」

「ちょっと、どういうことよ。ルイミンの腕輪は誰にも売らないって約束したでしょう」

ミランダさんは立ち上がり、ドグルードさんの前にある机を強く叩く。

「すみません」

ドグルードさんは再度、謝罪をする。

「どうして？　他に売らないって約束したし、ルイミンのお姉さんがお金を払うって言っているのに」

「それは……」

「説明をしていただけますか？」

サーニャさんが落ち着いた声で尋ねる。

ミランダさんは自分の席に戻り、再び腰を下ろす。

「ルイミンさんが破かれた絵ですが、ある方が購入予定でした。その方は絵が購入できないと分かると交換条件を出してきました」

「条件？」

「はい、この部屋にあったルイミンさんの腕輪に気づき、それを譲ってほしいと。もちろんわたしはお断りしたのですが、絵をお渡しできなかった負い目もあり、最終的にはお断りができませんでした」

「でも、数日前に会ったときは大丈夫だって」

「はい、わたしも他の条件をつけさせていただきました。同じ作者の絵をご用意しますので、ルイミンさんの腕輪は諦めてほしいと」

「それなら」

「その絵はソルゾナーク国から昨日には届く予定だったのです。それで大丈夫だとお伝えしました。ですが……」

「もしかして、雨のせい？」

「はい、川が荒れて船が出ず、絵が届かなくなりました。そして、お約束の期限は今日の夕刻までとなっています」

「そんな……」

つまり、川の反対側にある街にはその絵は届いているんだよね。

「どうにもならないの？」

「船の出発が可能か確認したところ、数日は様子を見るとのことです」

まあ、安全を考慮するなら、しかたないよね。

荒れた川に出るのは危険だ。

「どうにかならないの？」

「今日の夕刻までに絵が届かないことには、どうすることもできません。前回も約束を破り、今回もとなれば」

「数日待ってもらうことは？」

「すでに待ってもらっていますから」

「でも、雨のせいでしょう」

「それを含めての期日なのです。ギリギリ間に合うと思ったわたしの落ち度です」

「そんなことはないわ。ドグルードさんはルイミンの腕輪のためにいろいろとしてくれました。それだけでも感謝しきれないです」

サーニャさんは、ドグルードさんに感謝を伝える。

「そう言ってくださると助かります」

そこまでしてくれたドグルードさんに誰も文句は言えなかった。

「それで、その相手は誰なの？　交渉できるかしら」

サーニャさんが尋ねる。

王都の冒険者ギルドのギルドマスターなら、それなりに力があるから、交渉ができるかもしれない。わたしも印籠（いんろう）を持っているから、少しは交渉ができるかもしれない。

「この街の大商人のレトベールです」

「レトベール……」

「なんで、そんな奴が出てくるのよ」

ミランダさんが苦々しく口にする。

「誰なの」

「この街で有力な商人の一人よ」

どうやら、有名人らしい。

「サーニャさんでもダメなんですか?」

「わたしが影響力があるのは、あくまで冒険者ギルドだからね。有力な商人となると……」

わたしの印籠はどうなんだろう。

やってみたい気はするけど、あまり大物だと無理な可能性もある。

部屋に沈黙が流れる。

まあ、解決方法は簡単だ。悩む必要はない。

「ようは川を渡って隣の街から絵を持ってくればいいんでしょう?」

わたしが沈黙を破り、初めて口を開く。

「ユナちゃん?」

「わたしが取ってくるよ。どこに取りに行けばいいの? 川の向こう側の街に絵はあるんでしょう?」

「船が出ないのに、どうやって行くつもりですか! 泳ぐんですか、空を飛ぶんですか!」

ドグルードさんが少し強めの口調で言う。もしかして、バカにしたように聞こえたのかもしれない。

「別に、泳がないし、空も飛ばないよ」

ゴーレム討伐の仕事が終わったあとに得た、新しいスキルが初めて役に立つときがきた。

そのスキルは「クマの水上歩行」だ。

228　クマさん、商人と交渉する　その2

スキル、クマの水上歩行。

水の上を移動することが可能になる。

召喚獣は水の上を移動することが可能になる。


前にスキルを得ていたんだけど、使い道がなかった。

一度、クリモニアの近くの川で使ってみたけど、面白かった。

水の上を走ったり、ジャンプしたり、まるで忍者になったような気分を味わうことができた。さらにくまゆるとくまきゅうに乗って川登りをしたりした。普通では絶対に経験ができないことだ。

もし、このスキルをクラーケンのときに覚えていたら、違った戦い方があったかもしれない。

まあ、あの方法で無事に倒せたから問題はなかったけど。

「ユナちゃん、本気なの？」

「ユナさん、わたしの腕輪のために無理をしないでください」

エルフ姉妹が心配してくれるが、無理はしていない。

イメージ的に動く道を走り抜けるだけだ。川が荒れていたとしても、でこぼこの道を走るのと一緒だ。それも、長くても数百メートルぐらいだろう。

数分もかからずに渡れると思う。

何も問題はない。

「ユナちゃん、なにか考えがあるの？」

サーニャさんが真剣な表情で確認してくる。サーニャさんとしても腕輪を欲しがっている商人と無理に話し合うよりは、関わらないですむほうがいいと思っているはず。面倒ごとは回避したいのだろう。

「大丈夫だよ。わたしに任せて」

わたしは安心させるために笑顔で言ってあげる。

「分かった。ユナちゃんを信じるわ」

サーニャさんは決意すると、ドグルードさんのほうを見る。

「ドグルードさん、その絵に関してはわたしたちに任せてもらえますか？」

「任せるって、どうやって絵を運んでくるというんですか？　船は動かないんですよ。泳ぐなんてありえない。どうやって、反対側の街に行くというのですか!?」

ドグルードさんがサーニャさんからわたしのほうへと視線を移す。

「失礼を承知で言いますが、そのクマの格好をした女の子が、どうにかできるとは思えないのですが」

まあ、普通はそう思うよね。

こればかりは、クマの着ぐるみとは関係なく、誰しもが抱く感想だと思う。

「別にわたしたちが絵を運んでこられなくても、ドグルードさんには迷惑はかからないですよね」

「それはそうですが」

わたしたちが絵を運んでこられなくても、現在の状態となにも変わらない。

進むことも戻ることもない。

ただ、絵を今日の夕刻までに手に入れることができなければ、ルイミンの腕輪が他の人の手に渡るだけだ。

「もし、絵を運んでこられない場合は腕輪は諦めます。その商人に譲ってかまいません」

「お姉ちゃん！」

サーニャさんの言葉にルイミンが驚く。でも、サーニャさんは言葉を続ける。

「だから、今日の夕刻までに、わたしたちが絵を持ってきましたら、腕輪を返していただける約束をしてください。もちろん、ルイミンが破いた絵の代金を支払います」

わたしがどうやって川を渡るか知らないはずなのに、サーニャさんはわたしの言葉を信じてドグルードさんと交渉する。

ドグルードさんはサーニャさんの真剣な言葉に、手を頭に置き、何度か髪をクシャクシャにして、考え込む。そして、結論が出たのか口を開く。

「分かりました。絵についてはお任せします。腕輪の件も了解しました。今日の夕刻までに絵を運んできてくださったら、腕輪はルイミンが破いた絵の代金と引き換えにお返しすることをお約束します」

「ありがとう」

交渉成立だ。

あとはわたしが川の反対側から絵を運んでくれれば、ルイミンの腕輪を取り戻すことができる。時刻は、昼を少し過ぎたぐらいだ。十分に間に合う。お釣りがくるぐらいだ。

「それでは契約書を書きます。市民カードかギルドカードをお願いします」

身分の確認だ。

もし、絵を運んでいる最中に、紛失、破損した場合の、賠償責任のためだ。持ち逃げって可能性もある。今回は持ち逃げの可能性はないから、どちらかと言うと破損の可能性があるためだろう。

「向かうのはそちらのクマの格好をした女の子でいいのですよね？」

ドグルードさんがわたしを見て確認する。

「うん、わたし一人で行ってくるよ」

わたしがそう答えると、横にいるサーニャさんが何か考えている。

「ユナちゃん、わたしもついていくことはできる？　ユナちゃんがどんな方法で街にいくか分からないけど、心配なの」

サーニャさんが真面目な表情で尋ねてくる。

くまゆるとくまきゅうは同様に水の上を歩くことができる。だから、くまゆるとくまきゅうに乗せて、連れていくことは可能だ。

でも、クマが川の上を歩くのが非常識だってことは、わたしでも理解はできる。もしかすると、魔法やアイテムなどで人が川の上を歩くことができるかもしれないけど、現状のわたしの知識の中にはそんな手段はない。

「もしかして、ダメ？」

サーニャさんの真剣な表情を見ていると断れない。本当にわたしのことを心配している。

わたしは考える。

すでにサーニャさんはわたしの秘密をいくつか知っている。そのことを言いふらしていないことも知っている。秘密を守るため、いろいろと手を尽くしてもくれた。

それに街に着いたとき、サーニャさんがいると助かる。店の案内、そして、相手への信用だ。行ったはいいけど、手紙があっても、わたしの格好じゃ信用が得られず、絵を渡してくれない可能性もある。

反対に、サーニャさんがいれば、信用度は上がる。なんといっても王都の冒険者ギルド多い。

絵を受け取れないことだけは避けないといけない。サーニャさんを連れていくのはデメリットより、メリットのほうが多い。

「一緒に来るのはいいけど、川を渡る方法は秘密ですよ」

「もちろん、ユナちゃんが黙っていてほしいと言えば、誰にも言わないわよ。でも、ユナちゃんの秘密が、どんどん増えていくわね」

サーニャさんは微笑む。

「それでは行くのはお2人で、よろしいですね？」

「わ、わたしも連れていってください」

ドグルードさんが確認すると、ルイミンが絞り出すように口を開く。

「あなたはここに残っていなさい」

わたしたちの話を聞いていたルイミンも同行を申し出るが、サーニャさんが待っているように言う。

「お姉ちゃん……」

「ルイミン、大丈夫だよ。すぐに戻ってくるから」

往復するのに時間はかからない。すぐに戻ってくる。時間がかかるとしたら、店の場所に迷うぐらいだけど、そこはサーニャさんに任せるから大丈夫だ。

「信じて待っててくれるかな？」

「ユナさん……分かりました」

ルイミンはわがままを言わず、聞き入れてくれた。

「そんなわけで、行くのはわたしとユナちゃんの2人」

サーニャさんはドグルードさんに伝える。

「わかりました。それではお2人の市民カードかギルドカードをよろしいですか」

わたしとサーニャさんはギルドカードを出す。

ドグルードさんは先に受け取ったサーニャさんのギルドカードを見て驚愕の顔を見せる。

「王都の冒険者ギルドのギルドマスター⁉」

カードから目を外し、サーニャさんの顔を見る。サーニャさんはドグルードさんの驚いた顔を見られたことに嬉しそうにしている。

「これで少しは信用してもらえるかしら？」

「ルイミンのお姉さんが王都の冒険者ギルドのギルドマスターとは驚きました」

知らされていなかったミランダさんも驚いている。ルイミンに「なんで黙っていたのよ」と問い詰めている。

まあ、ルイミンもサーニャさんに会うまで知らなかったのだからしかたない。

ドグルードさんは次にわたしのギルドカードを見ると、再度、驚いた表情をする。まあ、クマの着ぐるみを着た女の子が冒険者ランクCとは思わないよね。

「……職業クマ？」

えっ、そこで驚くの？

普通は冒険者だということに驚いたり、冒険者ランクがCのところで驚くんじゃないの？

ドグルードさんはわたしとギルドカードを見比べる。

「確かにクマですね」

納得した表情をする。そして、再度、ギルドカードを見て驚く。

「冒険者ランクC？」

そう、普通はそっちを見て驚くよね。

確かに職業欄にクマって書いてあれば、意味が分からないから疑問符を浮かべるかもしれないけど。驚くならギルドランクで驚いてほしかった。

「ユナさん、ランクCだったんですか！」

ルイミンが驚きを見せる。それはルイミンだけでなく、ミランダさんたち冒険者も同様だ。驚いていないのはサーニャさんぐらいなものだ。

「小さくて可愛いのに」

「クマなのに」

「本当に？」

人を見た目で判断してはいけないと、習わなかったかな。小さくても、クマの格好をしていても、強いかもしれない。ゲームでだって、実力があるのに、ネタ装備をしているプレイヤーもいる。もっとも、わたしのクマの格好は決してネタ装備ではない。

「ユナちゃんは可愛いクマの格好をしているけど、優秀な冒険者よ」

サーニャさんがフォローなのかなんなのか、よく分からない擁護をしてくれる。皆は納得したのか、していないのか、微妙な顔だ。

それからドグルードさんは目の前で紙に何かを書き始める。

「それでは、これをお持ちになってください。引き取りの証文とわたしの手紙です。これを向こうの街のわたしの店の者に見せれば、絵を渡してくれます」

どうやら、書いていたのは紹介状だったみたいだ。確かに、いきなり行って絵を渡してほしいと言われても、素直に渡してはくれないと思う。まして、クマだし。

それから絵があるお店の場所を教えてもらう。

「今日の夕刻までです。それ以上は待てませんので、気をつけてください」

夕刻まで、まだ時間はある。余裕だ。

わたしは手紙をクマボックスにしまう。

時間がもったいないので、お店を出ようとしたが、そこに待っていたのは、行く手を塞ぐ大雨だった。

「嘘でしょう」

「凄い雨ね。さっきまで、降っていなかったのに」

店の外に出ると、雨が降っていた。それも土砂降りだ。さっきまで空は雨雲で暗かったが、雨は降ってはいなかった。

「どうして、雨が」

「これは、どうやっても川を渡ることなんてできない」

ミランダさんたちは雨が降る空を見る。

「うぅ、きっと、わたしのせいです。運が悪いから」

ルイミンは強く降る雨を見て、悲しそうにする。

「問題はないよ。このぐらいの雨なら大丈夫だよ」

別に泳ぐわけじゃない。川の上を走るだけだ。何も問題はない。

「ユナさん」

ルイミンは心配そうにするが、逆にこの雨のおかげで、街の外を出歩く人は減るだろうし、川に近づく人もいないだろう。クマの水上歩行のスキルを使っているところを見られる心配がなくなる。わたしからしたら、雨は好条件だ。

ルイミンは決して不運ではない。雨だからこそ、幸運ともいえる。まあ、幸運なら、雨が降って、船が止まったりはしていないんだけどね。そこはいいほうへと解釈しておく。

「ユナさん、本当にこの雨の中行くんですか？」

「行くよ。今日の夕刻までに取ってこないといけないんだから」

「でも……」

「大丈夫だよ。ルイミンは心配しないで待っていて」

わたしたちがいつ戻ってくるかわからないので、ルイミンたちは宿屋で待つことになっている。

「……分かりました。ユナさん、気をつけてくださいね。もし、ユナさんとお姉ちゃんになにかあったら……わたし……」

大げさなような気がするけど、普通は心配するのかな?

大雨の中、川を渡ろうというんだから。

「絵を受け取ったらすぐに戻ってくるよ。みんな、ルイミンをお願いね。勝手なことをしないように見張っていてね」

こうした場合、勝手に行動して、勝手に商人のところに行きかねない。

わたしの言葉にミランダさんたち3人は快く引き受けてくれた。

229
クマさん、川を渡る

サーニャさんは雨対策のためレインコートのようなものをアイテム袋から取り出して羽織る。

わたしはクマさん装備が雨を弾いてくれるから必要はない。

「ユナちゃん、雨は大丈夫なの？」

「この服は特別だから、大丈夫だよ」

わたしは証明するようにお店から出る。

雨が強く降っているが、クマの着ぐるみには染み込むことなく、雨水を弾く。

「なんの素材でできているのかしら。水を弾く素材はいろいろあるけど、ユナちゃんが着ている服みたいな質感の素材はあったかしら？」

神様が作ってくれたものだから分からない。この世界に存在しない素材の可能性が高い。攻撃を受けても無傷とか、魔力を回復してくれるとか、いろいろ特殊な服だ。

サーニャさんは不思議そうにわたしのクマさん装備を見ている。

「それよりも行きますよ」

サーニャさんの話では、川に行くには街の中を通って船つき場のところに行くか、門から一度外に出る方法の2つということだ。

時間を短縮するなら、このまま街の中を通り、船つき場があるところから渡るのが一番だ。

この大雨なら川辺に人はいないはずだ。わたしとサーニャさんは大雨が降る中、船つき場に向けて走りだす。

雨の降る中、船つき場に到着する。やっぱり周辺に人の姿はない。この大雨の中、船は動いていないし、川に近づく物好きはいないだろう。

川に近づくと大きな船が揺れている。馬車も数台乗れるぐらいかなり大きい。本当は乗ってみたかったけど、また今度になりそうだ。

川のほうに視線を向けると、川幅は広く、大きくうねっている。反対側にある街は目視できる距離にはあるが、かなり離れている。

「ユナちゃん、ここからどうやって行くの？　本当に泳ぐわけじゃないんだよね？」

わたしはその質問に、こう答える。

「くまゆるとくまきゅうに乗って川を渡りますよ」

と真実を伝える。

「わたしのくまゆるちゃんたちで川を？」

「わたしのくまゆるとくまきゅうは特別なんで」

それに対して、サーニャさんは「ユナちゃんの召喚獣ならできるのかしら？」と首を傾げつつも、納得してくれたみたいだ。

まあ、すでにサーニャさんには普通のクマとは違うところを見せている。

馬よりも速く、馬より持久力があり、魔物が近寄ってくれば教えてくれる。それに小さくなれる。

その中に川の上を歩くことが追加されても些細なことのはずだ。……たぶん。

わたしはクマの探知スキルを使って周辺に誰もいないことを確認してから、くまゆるとくまきゅうを召喚する。大雨の中、くまゆるとくまきゅうが雨風に濡れ始める。

「2人とも、雨の中悪いけど、向こう岸までお願いね」

くまゆるとくまきゅうは任せてって表情で「くぅ～ん」と鳴く。

「それじゃサーニャさん、行きますよ」

わたしはくまゆるに乗り、サーニャさんはくまきゅうに乗る。わたしたちを乗せたくまゆるとくまきゅうは川岸に近寄る。川は凄く荒れている。

「ユナちゃん、本当に大丈夫なのよね？」

サーニャさんは濁流を見て不安そうにする。

まあ、これからこの流れが激しい川を渡るっていえば不安になるだろう。まして、川の上を走るなんて常識はずれのことをこれからするのだから。だから、サーニャさんの気持ちは分からなくもない。

「やっぱり、残ります？」

道案内役がいなくなるのは困るがしかたない。

「だ、だいじょうぶよ」

とても大丈夫そうには見えないので、アドバイスはしておく。

「それじゃ、目を閉じてくまきゅうにしっかり掴まっていて。そうすれば数分で着きますよ」

「……くまきゅうちゃん、信じているからね」

「くぅ～ん」

くまきゅうが安心させるように鳴く。サーニャさんはくまきゅうにしっかり抱きつく。

「それじゃ、行きますよ」

わたしが合図を送ると、くまゆるとくまきゅうは川に向けて走りだす。

サーニャさんは叫んでいるが気にしない。

くまゆるとくまきゅうは川の上に着地すると荒れる川の上を駆けていく。

荒れる川に流されないように走るくまゆるとくまきゅう。流木などが流れてくるがくまゆるとくまきゅうは簡単に飛び越えて濁流の上を駆け抜けていく。

したことはないけど、障害物競走に出ている気分だ。

波を越え、流木を躱し、流れに逆らい、反対側に向けて駆けていく。

「ユナちゃん！　落ちたらどうなるの！」

「落ちたら、流されますね」

なにを当たり前のことを言っているのかな？

サーニャさんはわたしの言葉に、くまきゅうから落ちないようにしがみつく。そんなに強く抱きつかなくても、落ちないことはこの旅で知っているはずなのに、一生懸命にくまきゅうに抱きついている。

しばらくすると反対側の街の船つき場が見えてくる。

数分の川渡りも終わりを告げる。くまゆるとくまきゅうにかかればこんなもんだ。

わたしは探知スキルを使って、人がいないことを確認してから川岸にあがり、くまゆるから降りる。サーニャさんはくまきゅうから降りると、地面にへたりこむ。

濡れるよ、と思ったりしたが、レインコート的なものを着ているから平気みたいだ。

「大丈夫？」

「ええ、だ、だいじょうぶよ」

サーニャさんは震える足で立ち上がる。

「本当に川を渡ってしまったわ」

サーニャさんは信じられないように、荒れ狂う川を見る。

「ユナちゃんの召喚獣のクマは凄いとは知っていたけど。本当に凄いわね。水の上を歩くクマなんて聞いたことがないわ」

わたしだってないよ。

自分が見たり、読んできた作品の中に水の上を走るクマなんて出てきたことはない。

「それよりも、早く絵を受け取りに行かないと」

いつまでもここにいてもしかたない。

「そうね。急ぎましょう」

わたしはくまゆるとくまきゅうにお礼を言って送還すると、ドグルードさんの言っていた店へと出発する。

わたしはサーニャさんの案内でドグルードさんのお店に向かう。雨のため人通りは少なく、わたしを気にする者もいない。

まあ、気づかれたとしても、いつもどおり何事もなかったようにすれ違うだけだ。

そして、それほど時間をかけずにお店に到着する。道案内がいると早いね。わたし一人だったら、こんなに簡単にたどりつけなかった。

わたしたちはお店の中に入る。お店の中はこんな雨のためか、客一人いない。店員の姿も見えない。

「すみません！」

サーニャさんがお店の奥に向かって叫ぶ。

「…………」

反応がないなと思っていると、中から物音がして、声が聞こえてきた。

「はい、ただいま行きます」

お店の奥から20代半ばの女性がやってきた。

「クマ!?」

女性はわたしの姿を見ると驚く。

「気にしないでっていうのは無理かもしれないけど、ドグルードさんの使いで来た冒険者よ。ドグルードさんの指示で絵を受け取りに来たんだけど」

サーニャさんは驚く女性に声をかける。

「旦那様の使いですか？」

時間がもったいないので、わたしはドグルードさんから受け取った手紙を女性に渡す。

「それはアイテム袋なんですか？」

女性はクマさんパペットの口から手紙が出てきたことに驚く。

商人はそんなところに目が行くのかな？

手紙を受け取った女性は内容を読むと何度か頷きながら、わたしのほうを見て笑みを浮かべる。

なぜに？

「お話は分かりました。でも、信じられません。この手紙は今日書かれています。でも、この雨の中、あなたたちが来ています」

「もしかして、疑っている？」

「いえ、この旦那様の手紙があるので、そのことに関しては信じています。旦那様の手紙にも、もし手紙を受け取ったら、絵をお渡しするようにと書かれています」

その言葉に安堵する。ここまで来て渡せません、とか言われないでよかった。それはサーニャさんも同様のようで、ホッとしている。

「ただ、この雨の中、どうやって来たのかが不思議でならなかったのです」

「それは秘密よ」

わたしでなく、サーニャさんが代わりに答える。

「わかりました。それでは本人確認のため、ギルドカードをよろしいでしょうか？」

サーニャさんとわたしはギルドカードを出す。

女性はギルドカードを確認すると、また小さく微笑む。

「すみません。本当に職業がクマなんですね。旦那様の手紙に王都の冒険者ギルドのギルドマスターのサーニャ様、職業がクマのユナ様のお名前が書かれていました……」

わたしの姿を見ながら笑みを浮かべている。

そこは職業クマって書かないで、普通に冒険者と名前だけでいいんじゃない？

商人なら、そこのあたりの気遣いが欲しいところだ。

「それと、クマの格好をしていることも書かれています」

その話を聞いたサーニャさんも笑っている。なんか納得がいかない。

「それでは、用意をしますので少しお待ちください」

まあ、無事に絵を受け取れることになってよかった。

「無事に受け取れそうで、よかったわね」

「これで、ルイミンの腕輪も返してもらえますね」

「ユナちゃん、本当にありがとうね。感謝の言葉もないわ」

「でも、くまゆるとくまきゅうのことは秘密にしてくださいね」

「もちろんよ」

わたしたちが話していると、女性が大きめの木箱を重たそうに持ってくる。

それに気づいたサーニャさんが、手伝ってあげる。

「すみません。ありがとうございます」

2人でテーブルの上に木箱を置く。

「これがそうなの？」

「はい、旦那様にお渡しください」

わたしはクマボックスに絵が入った木箱をしまう。

これを届ければ、ルイミンの腕輪を取り戻すことができる。

絵も手に入れたので、お礼を言ってお店を出ようとする。

「もう、お戻りになるのですか？」

「ドグルードさんが待っているからね」

「どうやってお戻りになるか分かりませんが、気をつけて行ってください」

わたしとサーニャさんは雨が降る外に出る。

雨はやむ様子もなく、降り続いている。

でも、関係ない。

わたしたちは急いでドグルードさんのところに戻るため、川に向かって走りだす。

230　ドグルード、クマさんを待つ

冒険者ギルドのギルドマスターであるサーニャさんと、クマの格好をした女の子は飛び出していってしまった。

外を見ると、雨が降っていた。あの２人はこの雨の中、どうやって川を渡るというのだろうか。長年この街に住んでいるが、大雨の中、対岸の街に行く方法は聞いたことがない。無理に船で行こうと思えば、下流に流される。仮に反対側に渡れたとしても、そこから街に向かって、さらに船を用意して、こちらに戻ってこようとしても、また下流に流される。時間もかかるし、なにより危険な行為だ。でも、あのクマの女の子は簡単に渡れるようなことを言っていた。もしかして、わたしが知らない方法があるのかもしれない。

いったいどうやって、渡るのだろうか。凄く気になる。

２人が出ていってから部屋で仕事をしていると、腕輪を欲しがっているレトベールさんがやってきた。

早い。

まだ、夕刻じゃない。

「これはレトベールさん、お約束の時間より、早いようですが」

わたしは、雨の中やってきた年配の男性を部屋に案内し、椅子に座ってもらう。

「夕刻まで待つのは面倒だったから、早めに来させてもらった。どっちにしろ、この雨の中、船は動いていない。今、受け取っても変わらんじゃろう」

普通に考えればそうだ。船は動いていない。絵を運んでくる方法はない。

わたしはお茶の用意をして、レトベールさんの前にお出しする。

「寒かったでしょう。温かいお茶でもどうぞ」

「ああ、すまない」

わたしも椅子に座り、レトベールさんを見る。

「例のエルフの腕輪ですが、お約束の夕刻までお待ちになってください」

「どうしてだ?」

「ただいま、お約束した絵を取りに行っている者がいます」

「この大雨の中をか⁉」

レトベールさんはわたしの言葉に驚く。それはそうだ。この街に住む者なら、雨の中、向こう側の街に行くことができるとは思わない。

「はい。このエルフの腕輪の持ち主の姉です。必ず、絵を持って戻ってくるとおっしゃって、この大雨の中、出ていかれました」

「それでは、あの腕輪を取り戻すためにエルフが」

「エルフにとってこの腕輪が大切なものということはレトベールさんもご存じですよね」

「ああ、知っている。だから、簡単に手に入らないことも」

「その家族の大切なものを取り戻すために、この大雨の中、出ていきました。わたしはそのエルフに約束しました。もし、レトベールさんとお約束した絵を本日の夕刻までに持ってきてくださるなら、腕輪はお返しすると。レトベールさんも本日の夕刻までに絵が届くなら、前回のことは水に流すと約束してくださいましたよね」

「ああ、言った。でも、そのエルフはいつ出発したのだ。この数日、雨だったぞ」

「つい、先ほどです」

「ついさっきじゃと？」

「はい。必ず夕刻までに戻るからとおっしゃって出ていかれました」

「おまえさんは止めなかったのか？　川がどうなっているか、知らないとは言わせないぞ。この大雨の中、船も動かず、どうやって、反対側にある街から絵を持ってくると言うのだ？」

「それは分かりません。ただ、その者と約束しました。今日の夕刻までにレトベールさんの頼まれた絵を運んでこられたら、腕輪は持ち主にお返しすると。なので、夕刻までお待ちください。レトベールさんも商人なら、分かってくださいますよね。商人にとって約束がどれだけ大切なことか」

「そうだが」

「だから、レトベールさんとの約束もお守りします。夕刻までに絵が届かなかった場合、あの腕輪はレトベールさんにお譲りします」

それがレトベールさんとの約束だ。

「分かった。おまえさんがそこまで言うなら、待たせてもらおう。だが、本当に夕刻までだぞ」

「はい」

実際にわたしも戻ってこられるとは思っていない。

でも、約束した。それは商人として守らないといけない。だから、2人が戻ってこなかった場合は、腕輪はレトベールさんに渡すつもりだ。

だから、早く戻ってきてほしい。わたしにあのエルフの少女の泣き顔を見せないでほしい。

231　クマさん、腕輪を返してもらう

川岸に着くと、くまゆるとくまきゅうを召喚して、激しく流れる川の上に向かって駆けだす。わたしとサーニャさんを乗せたくまゆるとくまきゅうは川の上を走る。

サーニャさんは2度目ということもあって、慌てた様子はない。相変わらず、川の流れは激しいが、くまゆるとくまきゅうは問題なく川の上を走る。そして、無事に川を渡りきる。

「ユナちゃん、急いでお店に行きましょう。時間はあるけど、早いほうがいいわ」

まだ、夕刻にはなっていない。

でも、サーニャさんの言うとおりに少しでも早いほうがいい。遅れでもして、いちゃもんをつけられたら面倒だ。

わたしたちは急いでドグルードさんの店に向かう。お店に到着すると、馬車が止まっている。

わたしとサーニャさんがお店の中に入ると、店で働く青年がわたしたちに気づく。

「もう戻られたのですか?」

青年は驚いたようにわたしたちを見る。

「ドグルードさんに会いたいのだけど、いいかしら？」

サーニャさんがドグルードさんとの面会を申し出る。

「はい、今、絵を購入予定のレトベール様もいらっしゃっています」

レトベールって商人が来ているってことは、目の前に止まっている馬車がそうってことだよね。予定より、早くない？

まだ、夕刻になっていないよ。

青年は奥のドアをノックしてドアを開ける。

「旦那様」

店番をしている青年がドグルードさんを呼ぶと、部屋の中にいたドグルードさんは青年に気づき、そして視線がわたしたちに向けられる。

「戻ってこられたのですか？」

わたしたちは部屋の中に入る。部屋の中にはドグルードさんと、見知らぬ年配の男性がいた。

「なんだ、そのクマの格好をした女は。それと、そのエルフはもしかして」

年配の男性はわたしを見て驚き、隣にいるサーニャさんを見る。

「先ほど言っていた絵を取りに向かった者たちです。サーニャさん、絵を持ってきてくださったのですか？」

「ええ、ちゃんと受け取ってきたわよ」

サーニャさんがわたしに視線を向ける。絵を持っているのはわたしだ。わたしはクマボックスから絵が入った木箱をテーブルに出す。クマの手袋から出てきたことにも驚きの表情を浮かべるが、2人は絵が入った木箱に視線を移す。

「それでは確認させていただきます」

ドグルードさんは箱を開けて、中身を確認する。

「間違いありません。レトベールさんもご確認をお願いします」

「ああ、間違いない。作者本人のサインもある」

「本当に持って戻られたんですね」

「信じられん」

「ドグルードさん、これで約束を守ってくれますよね？」

サーニャさんが確認する。これでダメとか言われたら暴れるしかない。

「はい、もちろんです。レトベールさんもよろしいですね」

ドグルードさんが目の前にいる年配の男性に確認する。この年配の男性が、ルイミンの腕輪を欲しがっていた人みたいだ。

「お主が、あの腕輪の持ち主のエルフの家族か」

「はい、腕輪を引き取りに来ました。このたびはできの悪い妹がご迷惑をかけたようで申しわけありません」

「金を払うと言っても、譲ってもらうことはできないんだろうな」

「あの腕輪はエルフにとって大切なもの。お譲りするわけにはいきません」

お爺さんは顎髭を触りながら少し考え込む。

「それにしても、この大雨の中、お主たちはどうやって川を渡ったのだ？」

その質問にサーニャさんはにっこり微笑んで「秘密です」と答えた。

「話を聞いたときは絶対に無理だと思ったのじゃが」

普通はそう思うよね。

「残念じゃな」

お爺さんは残念そうにする。

「申し訳ありません。お金を得られるものが代わりにあるなら、お渡ししたのですが」

「いや、不要じゃ。お金を儲けるために欲しいと思ったわけじゃないからな」

「それではどうして？」

サーニャさんがお爺さんに尋ねる。

「孫娘にプレゼントするつもりだったんじゃよ。エルフの腕輪は風の加護がある。もちろん、風魔法を得意とする者じゃないと意味がないのは分かっている。でも、お守りになればと思った。それに将来はどうなるか分からないからな」

孫娘へのプレゼントだったんだ。

確かにお守りとしてはいいものかもしれない。

「ごめんなさい。これればかりは譲ることができないんです」

「もうよい。お主の妹には二度と手放さないように言っておきなさい。わしのように欲しがる者もいる」

「ええ、ちゃんと伝えておきます」

想像していた人と違った。もっと、悪どい商人かと思っていたが、孫娘に優しいお爺ちゃんだった。

サーニャさんは腕輪を買い戻させてもらえることになった。

サーニャさんはアイテム袋から宝石をパラパラとテーブルの上に取り出して、ドグルードさんに渡した。わたしには宝石の価値は分からないけど、ドグルードさんは一つずつ宝石を確認すると、「はい、これで大丈夫です」と言って、数個を受け取り、余った宝石をサーニャさんに返す。

交渉が成立し、サーニャさんは自分がつけているのと同じ腕輪を受け取る。どうやら、これがルイミンの腕輪みたいだ。

「ユナちゃん、今回はありがとうね。ユナちゃんがいなかったら、絵を運んでくる以前に、街に着いたときには、もう売られてしまったあとだったと思う」

確かに早く着いたのはくまゆるとくまきゅうのおかげだ。

馬車だったら、いまだに街には到着していない。

「お礼なら、くまゆるとくまきゅうに言ってあげて」

「ええ、もちろんよ」

　これで目的は終了だ。

あとは腕輪をルイミンに渡せば全てが終わる。

これで、心残りもなく、エルフの村に出発できる。

232　クマさん、絵本の交渉をする

「それで、ドグルード。もう一つの頼みごとはどうなっておる」

お爺さんはドグルードさんと話を始める。わたしたちは部屋から出ていくタイミングを逃してしまった。

「申しわけありません。わたしのほうでも無理でした」

「そうか、おまえさんのつてでも見つけることはできなかったか」

お爺さんは小さくため息を吐く。

なにか絵の他にもドグルードさんに頼んでいたものがあったらしい。でも、それを見つけることができなかったみたいだ。

「作者のほうも見つからなかったのか？　作者が分かればその者に絵本を描いてもらうことができるやもしれない」

どうやら、絵本の作者を捜していたらしい。

「それが、やっぱり『クマ』としか分からず、作者を見つけることもできませんでした。それと絵本を持っている者は城の関係者が多かったことがわかったぐらいです」

今、なんとおっしゃいました？

作者名が「クマ」と言わなかった？　しかも、絵本を持っているのは城の関係者って。

「あのクマの絵本を孫娘のために、手に入れたかったんじゃが」

クマの絵本⁉

「申し訳ありません」

ドグルードさんは謝罪する。

もしかして、お爺さんが探しているクマの絵本って、わたしが描いた絵本？

「それにしてもクマか……」

お爺さんが視線をわたしに向ける。

はい、クマですが、なんですか？

「そういえば、お城にクマの格好をした女の子が出入りしているという噂が……」

ドグルードさんもわたしに視線を向ける。

「クマの格好をしたお嬢ちゃんに尋ねるが、心当たりはないか？」

知らないと言うのは簡単だけど。

「そんなにその絵本が欲しいの？」

「孫娘が王都にいる知り合いに一度、絵本を見せてもらって、凄く気に入ったようなんじゃが、どうしても手に入らなくてな」

腕輪も孫娘のためだったし、このお爺さん、悪い人には見えない。

わたしは考えた末、クマボックスから絵本を取り出す。

「クマの絵本ってこれのこと?」

お爺さんは表紙を見た瞬間、絵本に手を伸ばす。

「そうじゃ、これじゃ!」

お爺さんは絵本を手に、立ち上がって叫ぶ。

「もしかして、作者のクマっていうのは」

「わたしのことだよ」

まあ、見たまんまだね。

「それでは王都のお城に出入りしているクマも」

「それもわたしのことだと思うよ」

ドグルードさんの質問に答える。

「そうか、お主が絵本の作者か」

お爺さんが、あらためてわたしのことを見る。

「すまないがこれを譲ってくれないか。もちろん、お金なら払う」

孫娘のためということなので、別にあげてもいいと思っているけど、どのくらいのお金で買ってくれるか、興味本位で尋ねてみる。

「いくらで買ってくれるの?」

「いくらでもかまわぬ」

お爺さんはとんでもないことを言いだした。

いくらでもいいって、一番返答に困る答えだ。

別にお金が欲しいわけじゃない、冗談半分で尋ねてみただけだ。

「それで、クマのお嬢ちゃんはいくらで譲ってくれるのじゃ？」

真っ直ぐに、わたしを見る。

品定めされているような感覚がする。

もしかして、逆に試されている？

通常の絵本としての価格を提示するのか、それともプレミアム価格で提示するのか。

「どうなんじゃ」

むむ、知らないうちに、お爺さんの土俵に上げられている。

流石にわたしに商人の駆け引きはできない。適当に金額を提示するのは負けた感じがする。だからといって、このまま金額を提示しないで、渡すのは癪にさわる。だからわたしは、こう返答した。

「代金はその孫娘さんからもらうよ」

「なんじゃと」

予想外のわたしの答えにお爺さんは驚く。

その驚いた顔が見られたから、わたしの勝ちかな？

「この絵本をお孫さんに渡したときの笑顔で決めるよ。もしお孫さんに喜んでもらえないようだったら、どんなにお金を積まれても渡すつもりはないよ。でも、最高の笑顔を見せてくれたら、プレゼントするよ」

「ほぉう、そんなことを言っていいのか。わしの孫娘の笑顔に勝てると思っておるのか」

わたしの答えが気に入ったのか、お爺さんはニカッと笑う。

先ほどまでの品定めするような、強い視線が消えた。

別に孫娘の笑顔が見られたからといってわたしの負けになるものではない。

「子供の本当の笑顔は、いくらお金を積んでも見られないからね」

「まったくだ」

お爺さんはわたしの言葉に笑いをこぼす。

「もし、わたしが凄い金額を指定したら、どうするつもりだったの？」

「払える金額なら買った。そうじゃなければ諦めるだけじゃ。でも、お主は違う答えを出した。久しぶりに笑わせてもらった。まさか、代金に孫娘の笑顔を要求されるとは思わなかった」

やっぱり、プレゼントしたときに喜んでもらえるのが一番嬉しいからね。

「だから、代金はちゃんと払ってもらうよ」

「孫娘がいくらでも払うから大丈夫じゃ」

親バカじゃなくて、爺バカだね。

これに勝ち負けは存在しないような気もするけど。お爺さん的にはお孫さんの笑顔が出れば勝ちと思っているみたいだ。

わたしとしても、自分の描いた絵本で笑顔になってくれれば勝ちだと思っている。

逆に絵本に興味を見せなかったら、わたしにとっては負けだ。

「一つ、お嬢ちゃんに確認だ。お嬢ちゃんと城とはどういう関係がある。どうして、ここまで情報が出ない」

「国王陛下に秘密にするようにお願いしたからね」

「国王陛下じゃと」

国王の名前が出てきたことにお爺さんとドグルードさんが驚く。

「元はフローラ様のために描いた絵本だからね。だけど、お城で働く人たちがフローラ様が持っている絵本を見て、欲しがったから、お城限定で複製の許可を出しただけ。でも、わたしのことが広まるのは嫌だったから、作者のことは秘密にしてもらっているんだよ」

「だから、情報が出てこなかったわけか。どうりでみんな、口が堅いわけだ」

お爺さんは納得したように頷いている。

「どうして大々的に売らないんだ。これなら売れるじゃろう。ましてや、後ろ盾には国王がいる」

「別にお金に困っていないし、わたしが作者って知られると、面倒そうだからね」

最後にこの場にいる全員に、絵本のことは黙っていてくれるようお願いする。

このお願いはすぐに承諾された。誰も国王に喧嘩を売るような真似はしたくないのだろう。

　せっかく、国王が箝口令を敷いてくれているのだ。絵本を渡すにしても、同様に黙っていてもらわないとね。

　後ろに権力があるというのは、こういうときは助かるね。

「それにしても、お嬢ちゃんは相当、国王に気に入られているようじゃな。普通は絵本に、ここまでの情報統制はされないぞ」

　確かにそうかもしれない。何気なく言ったわたしの言葉を、ちゃんと守ってくれている。まあ、国王からしたら、わたしの数多くある秘密の一つにすぎない。

　魔物一万匹討伐にクラーケン退治、トンネルのことも知られている。アイアンゴーレムの件も知られていると思うし。それに比べたら、絵本の秘密なんて小さなものだ。

「それでクマのお嬢ちゃん、今から孫娘に会ってくれるか」

「今から？」

　いくらなんでも、早くない？

「早く、孫娘の笑顔が見たいからのう」

　催促する顔には逃がさないぞと書かれている。

　まあ、宿に戻ってもわたしがやることは何もない。

「分かった。行くよ。サーニャさんは先に宿屋に戻って、ルイミンを安心させてあげて」

　ミランダさんたちがいるから大丈夫だと思うけど、心配しているかもしれない。

大丈夫って、サーニャさんはわたしの実力を知っているでしょう。

なにを心配しているのかな？

でも、心配してくれるのは嬉しい。

「喧嘩を売られたからといって、買っちゃダメだからね」

そっちの心配ね。

喧嘩を買わないって約束はできない。このへんはゲームをやっていた時代からの性格だ。

ただ、相手を選ぶようにしているから、サーニャさんが心配するようなことにはならないはず。

宿屋に戻るサーニャさんと別れ、わたしはお爺さんの馬車でお孫さんに会いに行く。

雨はやんでいた。さっきまで、あんなに降っていたのに。

今日は、降ったりやんだり、忙しい天気だ。

御者台には入り口に立っていた男性が座り、馬車はゆっくりと動きだす。

馬車の中にはわたしとお爺さんの2人だけになり、あたらめてお互いに自己紹介をする。

「ユナか。お主はどうして、そんなクマの格好をしておるんじゃ」

誰しもが疑問に思うことだ。

でも、わたしの返答は決まっている。

「ノーコメントで」

「そうか。なら、深くは聞かない方がいいじゃろう。わしの今までの人生の経験が、これ以上聞かないほうがいいと言っておる」

そんな深いものじゃないんだけど。

ただ、言えないだけだ。

「それで、レトベールさんのお孫さんは何歳なの？」

わたしのことを聞かれても、話せることはほとんどないので話題を変える。

わたしの得意技だ。

「今年で5歳じゃ。わしに似て、可愛いぞ」

それって、可愛いの？

レトベールさんに似ているって普通に考えて、可愛くはないよね。

せめて、鼻筋が似てるとかなら、許せるんだけど。

それから、聞いてもいないのに、孫の可愛さを話し始める。

う〜ん、話を変えることはできたけど、孫娘の自慢話が長々と続く。わたしだって、フィナの可愛さなら、たっぷりと話すことができる。わたしが孫自慢を右から左に聞き流しているト馬車が止まった。

やっと、着いたみたいだ。

「もう、着いたか。まだ、話し足りなかったのじゃが」

もう、お腹いっぱいだよ。

馬車から降りると、そこは高い建物の前だった。

5階ぐらいあるのかな？

「下が店で、上がわしの家じゃ」

つまり、この建物全部がレトベールさんのものってこと。

「ロディス、馬車は任せる」

「はい」

御者台に座っていた男性は返事をすると、馬車を動かす。残されたわたしたちは建物の中に入る。

レトベールさんは階段を上り、家の中へと案内してくれる。

「すまないが、ここで待っててくれ。孫娘を連れてくる」

そう言うとレトベールさんは、部屋から出ていく。

わたしは部屋を見回しながら、レトベールさんを待つ。

絵や壺などが飾られているが、わたしにはよし悪しは分からない。

でも、クマハウスになにか飾るのはいいかもしれない。フィナやシュリが喜びそうなクマがいいかな？

いっそ、自分でクマの絵を描いてみる？

でも、自分で描いた絵を飾るのは、なんか嫌だな。それならフィナやシュリに描いてもらった絵のほうがいい。

そんなことを考えながら部屋の中を眺めていると、ドアが開きレトベールさんが入ってきた。

「待たせたな」

レトベールさんの後ろに隠れるように小さな女の子がいた。

そして、女の子を見て思ったこと。うん、レトベールさんに似てないね。

233 クマさん、女の子に絵本をプレゼントする

レトベールさんの後ろに隠れるようにして、わたしを見ている小さな女の子がいる。

先ほども言ったが、もう一度言おう。レトベールさんには似ていないと。

細かい顔のパーツは分からないけど、髪の色が違う。

レトベールさんは黒いが、女の子は綺麗な銀色の髪をしている。

まさか、誘拐したんじゃないよね、と疑いたくなる。


「くまさん？」

女の子はわたしのほうを見て、小さな口を開く。

「こんにちは、わたしはユナ。名前はなんて言うのかな？」

わたしはしゃがんで女の子の目の高さに合わせて尋ねる。

女の子は恥ずかしそうにして、レトベールさんの後ろに隠れてしまう。

「ほれ、ちゃんと挨拶をしなさい」

「……アルカ」

「アルカ。可愛い名前だね」

アルカは嬉しそうに微笑み、レトベールさんの後ろから出てくる。そして、歩いてくるとわたしに抱きついてくる。

「やわらかい」

まあ、着ぐるみだし。

「くまさんはどうしてここにいるの？」

自己紹介したのに、なぜにクマ呼び？

だからといって、そんなことで怒るわたしではない。

わたしも成長したものだ。

「アルカのお祖父さんに呼ばれたんだよ」

「おじいちゃんに？」

アルカはレトベールさんを見る。

「おじいちゃん、くまさんとしりあいなの？」

「そこで出会ってのう。アルカにも会ってもらえるようにお願いしたんじゃよ」

アルカを見るレトベールさんの顔が破綻している。

血縁関係と知らなかったら、危ないお爺ちゃんだ。血、繋がっているよね？

そんな危ないお爺ちゃんは無視して、アルカのほうを見る。

「アルカにプレゼントを持ってきたんだよ」

わたしはクマボックスからクマの絵本の第1巻を取り出す。

アルカは絵本の表紙を見た瞬間、笑顔になる。

「くまさんのえほんだ～」

わたしのクマさんパペットから嬉しそうに受け取る。

「くれるの？」

「うん、プレゼントだよ」

「ありがとう」

アルカが満面の笑みになる。

これで、絵本は無料でプレゼントだね。わたしがレトベールさんのほうを見ると、勝ち誇った顔をしている。こんなレトベールさんの心の声が聞こえてくるような気がする。

『どうじゃ、わしの孫娘は可愛いじゃろ。勝負はわしの勝ちじゃ』

『この笑顔はわたしの絵本のおかげだけどね』

わたしは絵本に視線を向けながら、心の中で勝ち誇ってみせる。

いらないと言われずに、喜んでもらえたんだから、わたしの勝利だ。

『でも、アルカの笑顔は最高じゃろう』

そこだけは賛同しておく。

心の中の会話を終えると、手を引っ張られていることに気づく。

アルカの小さな手がわたしのクマさんパペットを握っていた。

「くまさん、よんで」

上目遣いで頼まれる。

もちろん断れるわけがなく、読んであげる。

「わしは下に行ってくる。アルカのことを少し頼む」

レトベールさんはわたしたちを置いて部屋から出ていってしまう。

わたしがソファに座ると、アルカがわたしの膝の上に座り、わたしは自分で作った絵本を自分で読むという、羞恥(しゅうち)プレイをすることになった。

絵本の1巻を読み終え、続きの2巻も読んであげていると、ドアが開く。

入ってきたのはレトベールさんではなく、銀色の髪をした女性だった。

「本当に、クマだわ」

「おかあさん」

アルカは立ち上がると銀色の髪の女性に抱きつく。

アルカの母親みたいだ。アルカは間違いなく母親似だ。

そう考えると、レトベールさんの子供はこの女性でなく息子さんで、この銀髪の女性と結婚したのかな?

まあ、お祖母(ばあ)ちゃん似って可能性はあるが、間違いなく、レトベールさんには似ていない。

「この子の面倒を見てくれてありがとうございます。わたしはこの子の母親のセフルっていいます」

「ユナです」

「この子がわがまま言わなかった？」

「素直で可愛いですよ」

「なら、いいんだけど。これが絵本ね」

セフルさんは娘が持っている絵本を見る。

「くまさんにもらったの」

「よかったわね」

喜んでいる娘の頭を撫(な)でる。

「義父(ちち)から聞いたけど、絵本をありがとうございます。この子、王都の知り合いに見せてもらったときに、すごく気に入っちゃって困っていたの。それで、お義父(とう)さんが捜してくれていたんだけど、なかなか手に入らなくて、諦めていたんですよ」

「わたしもこんなに喜んでもらえて嬉しいですよ」

アルカは絵本をプレゼントしたら、もの凄(すご)く喜んでくれた。

わたしの役目も終わったし、帰ろうかと思った瞬間。

「ごめんなさいね。お茶も出さないで」

セフルさんは慌てたように隣の部屋に行く。

「いえ、わたしは帰りますから」

「もう少しいてもらえませんか？　義父もお礼がしたいからと言っていて、引き留めるようお願いされているの」

お礼はアルカの笑顔をもらっているから必要ない。そういう約束だ。

「すぐに来ると思うから、お茶でも飲んで待っていてください」

「別にお礼は」

「くまさん、かえっちゃうの?」

わたしがいらないと答えようとするとアルカがわたしの服を摑む。この手の攻撃に逆らえないわたしがいる。

フローラ様といい、反則だ。チート攻撃だ。

結局、わたしは帰ることができず、素直にお茶をいただくことになった。

すぐには帰らないことをアルカに伝え、服を離してもらう。

わたしがソファに座ると、その隣にアルカがちょこんと座る。そして、小さな手でわたしの服を摑む。

どうやら、離してくれたのは一瞬だけみたいだった。

「ふふ、凄く娘に気に入られたみたいね」

セフルさんはわたしの前の椅子に座り、お茶を飲みながら微笑んでいる。

「この格好のせいですよ」

「義父からクマの格好をした女の子がクマの絵本を持ってきてくれて、娘と一緒にいると言われたときは意味が分からなかったけど。来てみれば、本当にクマの格好をした女の子がいるから驚いたわ」

セフルさんはわたしのほうを見てから微笑むと、アルカから絵本を借りて読み始める。

絵本をもう一度読み終わる頃、レトベールさんが戻ってきた。

「すまない。遅くなった」

「それじゃ、わたしはこれで」

レトベールさんが来たので、お礼は必要ない旨を伝えて帰ることにする。

「少し待て。まだ礼がすんでいない」

「お礼なら……もう、アルカからもらったよ」

それが絵本をあげる条件だったはず。

でも、レトベールさんは首を横に振る。

「礼をさせてくれ」

そう言われても困る。お金を要求するつもりはない。

「いらないよ。それに約束だったでしょう。絵本の代金はアルカの笑顔だって。もう、十分にもらったよ」

わたしは隣に座っているアルカの頭に優しく手を置く。するとアルカは嬉しそうにわたしを見て笑ってくれる。

「お主が金はいらないことは分かっておる。だが、それではわしの気持ちが収まらん。この街ではある程度のことなら顔は利く。なにかお礼にできることはないか？」

レトベールさんの言葉に、お願いごとを思いついた。

「それじゃ、一つ聞いてもいい？」

「なんじゃ？」

「この街で家って購入することはできる？」

この街にクマの転移門を設置するための家が欲しい。

王都だと、購入場所によっては紹介状が必要だった。

もし同じように必要だったら、紹介状を書いてほしい。それならお金は要求しないです むし、わたしとしても助かる。

「この街に住むつもりなのか？」

「違うけど、ちょっと理由があって、家が欲しいの」

クマの転移門のことは話せない。

ここは少し遠い。できるならクマの転移門を設置したい。

「そうじゃのう。まあ、お金と身分を証明するものがあれば購入はできる」

「紹介状とか必要はないの？」

「特に必要はない。ただ、場所によって価格が変わるだけじゃ」

つまり、場所を気にしたりしなければ、お金さえあれば大丈夫みたいだ。

「それじゃ、商業ギルドに行けば購入できるんだね」

「お主、本当にこの街に家を購入するつもりか？」

「そのつもりだけど」

「小さい家でも、お主みたいな子供が買えるほど安くはないぞ」

「大丈夫だよ」

お金なら元の世界から持ってきたものもあるし、最近ではお店やトンネルの通行料も入ってきている。どのくらいの金額が入っているか、確認はしていないけど、それなりにあるはず。

「お義父さん、それなら、あの家を安くお譲りしたらどうですか？」

話を聞いていたセフルさんが、レトベールさんに話しかける。

「……ああ、あの家か。だが、少し離れた場所にあるぞ」

話によると、少し街外れのところに小さな家があるそうだ。

その家は数年前から使い道も、買い手もなく、放置されているとのことだ。

わたしとしてはクマの転移門を設置できれば問題はない。

土地を購入して、クマハウスを出す必要がないので、騒がれる心配もないのでありがたい。

それに商業ギルドに行って、購入の手続きをするのも面倒だし、商業ギルドでまた騒ぎになることを考えれば、譲ってもらえるなら譲ってほしい。

商業ギルドで購入すれば、サーニャさんたちに気づかれて、説明する羽目になり、さらに面倒なことになるし。

「本当に譲ってもらえるなら、助かるけど」

「それじゃ、今から案内しよう。金額のほうは見てから決めたほうがいいじゃろう」

レトベールさんが席を立ち、わたしも立とうとしたら、アルカの小さな手が服を離してくれない。

「アルカ、ごめんね。もう帰るから」

「くまさん……」

寂しそうにする。

「また来るよ」

「ほんとう?」

「ユナちゃん、相当気に入られたみたいね。アルカは人見知りだから、珍しいのよ」

セフルさんが、微笑みながら教えてくれる。

嬉しいけど困る。

でも、この手の子供を宥める方法も最近入手した。

わたしはクマボックスからくまゆるぬいぐるみとくまきゅうぬいぐるみを取り出す。

「くろいくまさんとしろいくまさん!」

アルカはくまゆるとくまきゅうぬいぐるみを見ると叫ぶ。

そして、わたしを摑む手が緩み、2つのクマのぬいぐるみを抱きしめる。

「あら、可愛いクマさんのぬいぐるみね」

「お主、絵本だけじゃなく、ぬいぐるみまで持っているのか」

「真似して作ったりしないでくださいね」

「そんなことはせん」

「このクマさんが、わたしの代わりね」

「くれるの？」

「うん、大事にしてね」

「うん、ありがとう」

アルカは嬉しそうにクマのぬいぐるみを抱きしめる。

家を譲ってもらうことができれば、いつでも来ることができる。

アルカと別れ、レトベールさんの案内で家がある場所に向かう。

歩いていくかと思ったけど、レトベールさんが馬車を出してくれた。

234 クマさん、エルフの村に向けて再出発する

レトベールさんの馬車に乗って、その家に向かう。馬車はトコトコと進み、中央通りから離れていく。

そして、小さな可愛らしい赤い屋根の家の前で馬車が止まる。

「ここだが、どうじゃ」

中央から離れているため、人通りも少ない。わたしとしてはいい立地条件だ。

レトベールさんが持っていた鍵でドアを開け家の中に入ると、少し埃臭かったので、窓を開けて換気をする。

結構長い間使っていなかったのかな?

「たまに掃除はさせているが、多少埃があるのは、許してほしい」

いや、全然綺麗なほうだ。数年の間、使われていなかったのなら、このぐらいはしかたない。

家の中を見て回ったが、ベッドや家具などの必要最低限のものは設置されていた。

一階はキッチンに居間にトイレに風呂。

2階に上がると部屋が2つある。

新婚夫婦の家って感じだ。

まあ、わたしとしては移動するときの拠点にするだけだし、なにも問題はない。

ここに転移門を設置すれば隣の国に行くのが楽になる。贅沢を言えば、川を渡った先の街がよかったが、贅沢を言ったらきりがない。

「うん、いい感じだね。それで、いくらで譲ってもらえるの？」

レトベールさんは無言で一枚の紙を差し出してくる。

紙はこの家の権利書みたいだ。

「金はいらん。この家はお主に譲る。お主が絵本を2冊くれたことを知っておる。さらにぬいぐるみまでくれた。その礼じゃ」

「それじゃ、値段の釣り合いがとれないと思うんだけど」

「それはお主の決めることではない。あの絵本はわしにとってはどうしても手に入れたかったものじゃ。気にしないでいい。わしからの感謝の気持ちじゃ。それにお主が運んでくれた絵があったじゃろう。あれは急いで渡す者がいたんじゃよ。運んできてくれなかったら、商談に穴をあけるところだった」

「もしかして、破いた絵も？」

「そうだ。本来は、それが必要だった。だが、まだ時間があったから、他の絵を用意することにしたんだが、この数日の雨で船が出せず、こちらも困っていた。それをお主が持ってきてくれた。だから、その感謝の気持ちだ」

「それでも、わたしが家をもらう理由にはならないと思うんだけど」

「気にしないでいい。アルカの笑顔を見せてくれたお礼だ。あの笑顔はどんなにお金を積んでも見られない。だから、お嬢ちゃんには感謝している」

「本当にいいの?」

「ああ。どうせ、売り手も決まらずに放置していた家だ。欲しいなら、お嬢ちゃんに譲る」

レトベールさんは権利書と思われる紙をわたしに差し出す。

「それじゃ、ありがたくいただくよ」

わたしは少し悩んだが、お礼を言って権利書を受け取る。


「本当に送っていかなくていいのか?」

「うん、もう少し、家を見させてもらうよ」

クマの転移門を設置する仕事が残っている。

「そうか。それじゃ、何かあったら、家に来てくれ」

レトベールさんは馬車に乗って去っていく。

わたしはあらためて部屋の中を見る。

掃除はたまにしているという話だけど、少し埃が気になる。

わたしは風魔法を使って床に積もった埃を外に出す。全ての部屋で行う。備えつけの大きな家具以外がないからできる方法だ。これがもし、細かいものがあるようだったら、一緒に吹き飛んでしまう。

簡単な掃除を終えたわたしは、クマの転移門を2階の寝室のとなりの部屋に設置することにする。これで、いつでもこの街に来ることができる。

あまり帰りが遅くなるとサーニャさんとルイミンを心配させるので、戸締まりをしてから宿屋に戻った。

「ユナちゃん、遅かったけど大丈夫だった？」

サーニャさんが心配そうに声をかけてくる。

どうやら、心配させてしまったようだ。

もう少し早く戻ってくるべきだったかな。あと少し遅かったら、レトベールさんの家まで迎えに来るつもりだったみたいだ。

「大丈夫だよ。お孫さんに会って、絵本を読んであげたり、お茶をごちそうになっただけだよ」

遅くなった理由を説明するが、家をもらったことは内緒にしておく。

「なら、いいんだけど。なにかされたんなら言ってね」

サーニャさんの気持ちに感謝しているとルイミンが話しかけてくる。

「ユナさん、ありがとうございました」

ルイミンが深々と頭を下げる。

ルイミンの腕に目を向けると、ちゃんとサーニャさんと同じ腕輪をしていた。

「腕輪が戻ってきてよかったよ」

「これもユナさんのおかげです」

「お金を払ったのはサーニャさんだよ」

わたしがしたことはくまきゅうに乗って川を渡っただけだ。

それが一番大変だといわれればそうなんだけど、神様からもらったスキルだ。それで恩着せがましくするつもりはない。

「お姉ちゃんにいろいろと聞きました。ユナさんがいなかったら取り戻せなかったって」

「そんなことないよ。サーニャさんも頑張っていたよ」

「でも、くまゆるちゃんとくまきゅうちゃんが川の上を走ったんですよね」

どうやら、水上歩行のことは聞いているみたいだ。

数日は船が動かないので、一刻も早くエルフの村に向かうため、ルイミンには伝えてもいいと言ってある。

「お礼なら、くまゆるとくまきゅうにしてあげてね。あの子たちが雨の中、頑張ったんだから」

「はい、もちろん、くまゆるちゃんとくまきゅうちゃんにも感謝です」

「それじゃ、ユナちゃんも戻ってきたことだし、食事に出かけましょう。ミランダたちも待っているわ」

ルイミンの側にいてくれたミランダさんたちに、夕食をご馳走することになったらしい。

サーニャさんとルイミンはわたしを待って宿屋にいたとのこと。

わたしたちは待ち合わせのお店に向かう。

「みんな、本当にありがとうね。このバカ妹が迷惑をかけて」

サーニャさんがミランダさんたちに謝る。

「それにしても、あの濁流の川をどうやって渡ったかも気になるけど、腕輪を買い戻すサーニャさんは、流石ギルドマスターですね」

「わたしたち、貧乏冒険者には無理です」

自分たちで言って、自分たちで苦笑いを浮かべるミランダさんたち。

「でも、ユナちゃん。どうやって川を渡ったの？」

エリエールさんが擦り寄りながら尋ねてくる。

わたしは離れながら、答える。

「もちろん、秘密です」

「教えてくれてもいいのに」

エリエールさんは口を尖らせる。

「サーニャさん、どうやって川を渡ったんですか？」

わたしから聞き出せないと思ったミランダさんがサーニャさんに尋ねる。

「ギルドマスターは冒険者の情報を漏らしたりしないわ」

「うぅ、残念」

それから腕輪の話も終わり、今後の話になる。

「船って動きそうなの？」

「う〜ん、あと3日はかかるかな？　そのぐらいで動きだすと思う」

「でも、この数日、船が出ませんでしたから船は混むと思いますよ」

この街で冒険者をしているミランダさんたちがそう言うなら、船が動きだすのは3日後になるのかな。

乗るときは、もっとゆったりと、のんびりと周りの景色を見ながら乗りたい。混み合っている船には乗りたくないね。

やっぱり、くまゆるとくまきゅうで移動かな。

「本当に今回は、ルイミンのためにありがとうね。もし王都に来るようなことがあったら、冒険者ギルドに寄ってね。お礼はするから」

「はい、王都に行ったら、お礼とは関係なく絶対に寄らせてもらいます」

まあ、ミランダさんたちは冒険者なんだから、冒険者ギルドには必ず寄るだろう。

そのときに、わたしも王都にいればいいけど、さすがにそれは難しいかな？

「ユナちゃんも王都に住んでいるの？」

エリエールさんが尋ねてくる。この人にはあまり教えたくないんだけど。クリモニアは遠いから、大丈夫だよね。

「クリモニアって街ですよ」

「えっと、確か、クリモニアは……」

「少し遠いわね？」

エリエールさんが考えていると、ミランダさんが答える。

だから、来られないですよ。

「でも、行けないことはないわね」

「それじゃ、今度行ったら、家に泊まらせてね」

全力でお断りします。

わたしはその申し出を笑ってごまかした。

「皆さん、本当にありがとうございました。皆さんに会えて、本当によかったです」

「役に立てなかったけどね」

「確かにそうね」

「そんなことありません。皆さんの優しさ、嬉しかったです」

「そう言ってもらえると嬉しいよ。ルイミンもサーニャさんたちも、また、この街に来るようなことがあったら、顔を出してくださいね」

「はい」

それから、会話は食事が終わるまで続いた。

翌日、昨日までの雨が上がり、嘘のように晴れ渡っていた。

でも、川の流れは激しいので船は動かない。わたしたちは予定どおりにくまゆるとくまきゅうに乗って川を渡るため、一度街から出る。

こんなに天気がいい日に、くまゆるとくまきゅうを召喚して、船つき場から水上歩行するような真似は流石にできない。なので、街から離れた場所まで行ってから川を渡ることにした。

「このあたりでいいかな」

街から離れた上流にやってきた。

もちろん、人の姿はない。

「ここから川を渡るんですね」

くまゆるに乗っているルイミンが嬉しそうにする。

先ほどから、「まだですか」「そろそろ、いいじゃないですか」とか言っていた。

「川の上で騒いだりしないでね。落ちても、責任持たないからね」

天気はいいが川はまだ荒れている。

大丈夫だと思うけど、一応、忠告だけはしておく。

「それじゃ、くまゆる、くまきゅう、お願いね」

「「くぅ～ん！」」

くまゆるとくまきゅうは川へと駆けだし、川の上を走り抜けていく。

「凄いです！　本当に、川の上を走っています！」

ルイミンは暴れていないけど、騒いでいた。

「ルイミン、静かにしなさい」

「でも、お姉ちゃん、川の上を走っているんだよ」

「分かっているわよ」

サーニャさんは妹が騒ぐのを止めようとするが、止まらない。

まあ、それも数分だけだ。

くまゆるとくまきゅうはあっという間に川を渡りきってしまう。

「くまゆるちゃん、凄かったです」

ルイミンはくまゆるに抱きついたり、撫でたりしている。

渡りきったのに、興奮は収まらないらしい。

そんなルイミンの対応はサーニャさんに任せ、あらためてエルフの村に向かって出発する。

番外編①　ルーファ　前編

サルバード家はクマの格好をした一人の女の子に潰され、当主であるガジュルド様は捕まりました。

ガジュルド様は脅迫、裏取引、賄賂といろいろと悪いことをやってきました。

そして今回、息子のランドル様がこの街の貴族であるミサーナ様を攫ったことが致命的となりました。

数日前、わたしがお屋敷の掃除をしていると、玄関でもの凄い音が鳴り響きました。急いで駆けつけると、クマの格好をした女の子と黒いクマと白いクマがいました。

クマの格好をした女の子はとても怒っており、可愛らしい格好からは想像もつかない表情で、ガジュルド様とランドル様を睨みつけていました。

会話によると、ガジュルド様とランドル様がファーレングラム家のミサーナ様を攫ったようです。ガジュルド様は否定しますが、クマの女の子はミサーナ様がここにいることを確信しています。

ランドル様が護衛役のブラッドにクマの女の子を倒すように指示を出します。ブラッドがもの凄く強いことは知っています。丁寧な言葉遣いとは違い、暴力が好きな人。近寄りたくない人物です。

そんなブラッドとクマの女の子の戦いが始まりました。女の子がいたぶられる姿が脳裏に浮かびます。逃げてほしい。

でも、可愛らしいクマの女の子はブラッドと互角に戦い、魔法を使い、最後は殴り倒してしまいました。

目の前の光景が信じられませんでした。それは他の使用人も同じようで、動かなくなったブラッドと、怒っているクマの女の子に視線が固定されています。

周囲を見るといつのまにかランドル様の姿がありません。ガジュルド様の姿しかありませんでした。

クマの格好をした女の子はガジュルド様を問い詰めます。そのとき、姿を消していたランドル様がミサーナ様を連れて戻ってきました。人質にするつもりみたいです。

でも、クマの女の子はランドル様が言葉を発する前に殴り飛ばし、ミサーナ様を助け出しました。

ミサーナ様は泣きじゃくっていましたが、クマの女の子は優しくミサーナ様を抱きしめました。あの優しそうな顔が女の子の本来の表情なのかもしれません。

ガジュルド様はわめいていましたが、クマの女の子の一撃で気を失ってしまいました。

それから、貴族のエレローラ様の登場で、商人の子供たちも攫われていたことが知られ、ガジュルド様は捕らえられることになりました。

ほんのわずかの間にサルバード家が崩壊しました。

これでやっと、ガジュルド様から解放される。それと同時に、わたしがガジュルド様に加担してきたことも知られることになります。でも、それは小さなことです。

わたしはエレローラ様に協力を申し出ます。自分がガジュルド様と一緒にやってきた行いが許されるわけじゃないですが、なにかをしたかった。わたしはエレローラ様を地下に捕らわれている子供たちのところに案内しました。

子供たちに助けが来たことを知らせると嬉しそうにします。地下室から出るとき、わたしはエレローラ様に、後で他の部屋を確認するようにお願いしました。

あの部屋は拷問部屋になっており、ガジュルド様に逆らった者が連れてこられていました。中から叫び声が何度も聞こえ、数日後には聞こえなくなっていました。

わたしは入ったことは一度もありませんが、想像だけはつきます。

子供たちを送り届けたあと、ガジュルド様の部屋で地下の部屋の鍵を手に入れたわたしとエレローラ様は護衛の2人を連れて地下牢に戻りました。

「この部屋になにがあるの？」

わたしはガジュルド様の部屋で手に入れた鍵を使って部屋の扉を開けました。扉を開けた瞬間、鼻にツンと悪臭が漂ってきました。

「なにこれ？」

部屋の中は血腥い。

部屋を見たエレローラ様にわたしの説明は必要ありませんでした。

エレローラ様と護衛たちは部屋の中を調べ始めます。

わたしは部屋の中にある机の引き出しを開けました。

そこには数枚の市民カードやギルドカードが入っていました。わたしはゆっくりと一枚一枚カードを確認していきます。

……あった。

そこにはお父さんの名前が書かれたギルドカードがありました。

お父さんが逃げだすわけがない。お父さんがわたしを見捨てるわけがなかった。お父さんのギルドカードを見ると涙が流れる。

「ルーファ？」

エレローラ様が後ろから声をかけてきますが、返事ができません。わたしは嗚咽をこらえます。そして、涙を拭き、振り返ってエレローラ様に伝えました。

「この部屋で殺されたと思われる人たちの市民カードとギルドカードです。確認してください」

「もしかして、あなたの父親も？」

「はい、わたしの父のギルドカードもありました」

「そう。なんて言ったらいいか、分からないけど」

「大丈夫です。殺された可能性は考えていました。ただ、父のギルドカードを見たら、涙が止まらなくなって」

「肉親が殺されたなら、しかたないわ」

拭いても拭いても涙は止まりませんでした。

……お父さん。

「エレローラ様、一つお願いがあります」

「なに？」

「その、殺された者の遺体がどこにあるのか、ガジュルド様に確認してもらえないでしょうか」

お父さんがどこで眠っているか知りたいのです。

「それはもちろんするわよ。身内にはせめて花を手向（たむ）ける権利があるわ」

「ありがとうございます」

それから、部屋の探索が行われましたが、気分が悪くなってきました。

「部屋の外で休んでいてもいいわよ」

「いいえ、お手伝いします」

「それは助かるけど、本当に大丈夫？」

「はい、大丈夫です」

「強いのね」

強くない。いつも、逃げだしたいと思っていました。でも、弱くて逃げ出すことはできませんでした。だから、わたしは強くありません。

それから、他の部屋も確認したわたしたちはガジュルド様の部屋に向かい、本格的に調べ始めます。

「ここに商人との契約書があります」

引き出しから、大量の契約書が出てきました。

「なかには脅迫され、無理やり交わされた契約もあります。ご確認をお願いします」

「かなりの量ね。これはグランお爺ちゃんの仕事ね。でも、これだけの量となると、王都からも応援を呼ばないとダメね」

わたしは次の引き出しを確認します。

「これは……」

「なにかあったの？」

「わたしの市民カードです」

わたしはエレローラ様に差し出しました。わたしも犯罪者の一人です。他の使用人たちも市民カードを差し出しています。だから、わたしの市民カードもエレローラ様が預かるべきだと思います。

わたしの気持ちを理解したのか、エレローラ様は受け取ってくださいました。さらに、わたし同様に他の使用人たちの市民カードが出てきました。

「市民カードを取り上げるなんて、酷いわね」

「借金がありましたからしかたないかと」

「あなた、淡白ね」

「……そう思わないと、耐えられなかったからだと思います」

でも、お父さんのギルドカードを見たら、泣いてしまいました。あのときは湧き上がる感情を抑えられませんでした。

心のどこかでお父さんが生きているかもとの思いがあった。だから、今日まで頑張ってこられました。

「ごめんなさい」

エレローラ様がそう言ってくれましたが、エレローラ様が謝ることではありません。

それから、疲れた顔をしたグラン様がやってきて、エレローラ様が説明します。

「これは全て調べるのに時間がかかりそうね」

エレローラ様は小さくため息を吐いています。

「そうじゃな。ここまで酷いとは思わなかった」

グラン様はガジュルド様がしてきたことを聞くと、さらに疲れきった表情をします。

ガジュルド様の屋敷で働いていた使用人は留置所に連れていかれました。それはわたしも例外ではありません。わたしはガジュルド様の近くにいたのでかなりのことを知っており、他の者とは離され、個室に留置されることになりました。

留置所に入った者は順番に取り調べが行われ、ガジュルド様と関わりがない者は自由が許され、家族のもとへ帰ったりしました。でも、わたしはいまだに残っています。

ガジュルド様の近くにいたわたしが、自由を許されるわけがなかったのです。

どっちにしろ、逃げだすことはできません。街には家族はいないし、市民カードもないから街から出ることもできません。もっとも、街を出たからといって、わたしに行く当てはありません。

時折、エレローラ様やグラン様が話を聞きにきます。あるいはガジュルド様のお屋敷に連れていかれ、説明をしたりしました。

ガジュルド様が捕まってから数日が過ぎ、グラン様とエレローラ様は王都に行くことになりました。ガジュルド様も一緒のようです。

出発する前にエレローラ様とグラン様がやってきました。

「わたしは行かないでよろしいのですか?」

「必要ないわ」

「お主からの情報は全て正しかった。もはやお主を王都に連れていく理由もない」

「そうですか」

わたしも一緒に連れていかれると思っていましたが残るみたいです。

「ガジュルドの罰が決まりしだい、お主の処遇も決まる。悪いが、もうしばらく待っていてくれ」

「はい」

自分に未来がないことは分かっています。

あとは待つだけです。

番外編②　エレローラさん、王都に帰る

「はぁ」

ため息が出る。

娘のノアに会いたくて、国王陛下にお願いしてシーリンの街に来たけど、こんな大事になるとは思わなかった。

わたしはシーリンの街の調査をする名目でノアに会いにきた。シーリンの街はファーレングラム家とサルバード家の2つの貴族が治める珍しい街だ。

当初は仲がよかった両家だったが、領主が子へと引き継がれていくとしだいに両家の仲が悪くなっていった。その大きな原因となるのがサルバード家のガジュルドが当主になったことだ。

悪い噂は聞くけど証拠がなく、放置されている状況だった。

噂だけでは裁くことはできない。噂だけで裁く、それは国の終わりを告げることと一緒だ。ちゃんと証拠に基づいて、裁かれないといけない。

だから、ノアに会いに来つつ、サルバード家の悪事を少しでも見つけられればと思って

いた。

それがシーリンの街に来て、2日目に事件は起きた。

グラン・ファーレングラムの孫娘のミサーナが攫われた。そのことを知ったユナちゃんが、怒り、暴走した。召喚獣のクマにミサーナの居場所を捜させ、サルバード家に単身乗り込んだ。

わたしが商業ギルドから出て歩いていたら、怖い顔をしたユナちゃんがくまゆるちゃんに乗って街中を疾走していたので驚いた。

わたしが護衛の3人を連れてユナちゃんを追いかけると、そこはガジュルドの屋敷だった。門は壊され、扉はなくなっていた。

屋敷の中に入ると、ユナちゃんがガマガエルのような顔をしたガジュルドに向かって殴りかかろうとしていた。わたしは叫んで止めたが間に合わず、ガジュルドは殴られた。

それはサルバード家が壊滅した瞬間でもあった。

この街にユナちゃんがいたことは、サルバード家にとって不運だった。

ユナちゃんだから、王都から王宮料理長のゼレフを連れてくることができた。ユナちゃんだから、パーティーに間に合わせることができた。ユナちゃんだから、ミサーナがいる場所が分かった。ユナちゃんだから、単身乗り込むことができた。ユナちゃんだから、手練れの護衛を倒すことができた。

サルバード家にとって、ユナちゃんは悪夢のような存在だっただろう。

逆にファーレングラム家にとって、ユナちゃんは幸運の女神だ。

「ふふ」

クマの格好をした可愛らしい女の子が女神と思ったら、笑みが出てしまった。

ユナちゃんに関わった善良な者はみな幸せになっていく。逆に敵対したものは魔物だろうが冒険者だろうが不幸になる。本当に女神みたいな存在だ。

ユナちゃんの存在が両家の明暗を分けた。

わたしはいま、国王陛下に報告する資料作りをしている。

本当なら娘と楽しく過ごしているはずだったのに。

せめてもの救いは、娘たちがクマたちと遊ぶ姿を見られたことだ。ノアたちがクマさんの格好をしてくまゆるちゃんとくまきゅうちゃんと遊ぶ姿は可愛かった。

わたしはガジュルドが行った犯罪を調べ、契約書を元に証言を集め、実際にどうなっていたか確認する。

グランお爺ちゃんやクリフ、レオナルドも手伝ってくれているけど、どうしても、国王陛下の名代をいただいているわたしの仕事が多くなる。

使用人や関係者は素直に話す者が多かったが、ガジュルドの取り調べは大変だった。口を開けば暴言ばかり。息子もガジュルドに似て、暴言を吐く。でも、証拠や証言などでガジュルドを追い詰めると、徐々におとなしくなっていく。

それにしても、ガジュルドの悪事が出てくるわ、出てくるわ。よくここまで悪いことができたものだ。

ひととおりの証拠や証言を集めたわたしは、グランお爺ちゃんと一緒に王都に向かっている。

「こんなことがなければ、視察を口実にクリモニアにも寄ろうと思っていたのに」

予定は狂い、クリモニアに行くことはできず、王都に帰ることになった。

「それはすまなかった」

同じ馬車に乗るグランお爺ちゃんが謝る。

「いいのよ。グランお爺ちゃんが悪いわけじゃないから。これも全てガジュルドが悪いのよ」

「でも、わしはお主が来てくれて助かった。お主がいなかったら、ここまで話が進まなかったかもしれない」

「全てユナちゃんのおかげよ。ユナちゃんが、攫われたミサーナがサルバード家のお屋敷にいることを突き止め、暴れてくれたからね」

「そうじゃな、わしらはしがらみがあって、嬢ちゃんのようなことはできないからな。それにミサーナを隠され、見つけることができなかったら、全面的に弱い立場になるのはわしらのほうじゃ。そうなれば、わしたちは発言力をなくし、ガジュルドに逆らうことができなくなった」

だから、ユナちゃんがとった行動はわたしたちには助けになった。

貴族を取り締まるのにはそれなりの権限が必要になる。怪しいからといって、勝手に屋敷の中を調べることはできない。もし無理に調べて証拠が出てこなかったら、ただではすまない。

「でも、これでサルバード家は終わりでしょうね」

貴族の娘を攫ったことも大きいが、それ以外にもたくさんの犯罪の証拠が出てきた。殺しに拉致、賄賂、横領。やってはいけない一線を越えている。

それが分かっているガジュルドは、王都に行くことになったとき、項垂れていた。でも息子のほうは、自分がどれだけ悪いことをしたのか理解していなかった。それだけ、甘やかされていたってことだろう。

その点、わたしの娘たちは素直に育っている。

ただ最近、ノアがユナちゃんのおかげでクマ好きになっているのは不安になる。ユナちゃんの格好も、くまゆるちゃんとくまきゅうちゃんも可愛いからしかたない。悪いことさえしなければ、叱るつもりはない。

わたしだって可愛いと思うからね。


王都に着くと、ガジュルドとその息子のランドルは兵士に連れていかれる。

わたしとグランお爺ちゃんは登城すると、国王陛下に報告に向かう。

「戻ったか」

「せっかく、娘と一緒に過ごせると思ったのに」

「いいから、報告を早くしろ」

せっかちな国王陛下に、わたしとグランお爺ちゃんは、きっかけになったミサーナが攫われたことについて報告をする。

「あのクマ娘は……」

わたしとグランお爺ちゃんの話を聞いた国王陛下は笑っている。

「ユナちゃんのおかげで、助かったわ」

「それで、証拠は集まっているんだな」

「書類などは全て押収して、商人たちの事情聴取も終えているわ。細かい報告は残してきた視察団から報告をさせるわ」

「それじゃ、現状の段階でかまわないから、ガジュルドの報告をしてくれ」

わたしは現状で分かっているサルバード家の犯罪を、資料を元に報告する。わたしが報告するたびに、国王陛下の顔が険しくなる。

「エレローラ。俺は今すぐ、極刑にしたいんだが」

「国王陛下」

「俺の国で好き放題してくれたみたいだな。商業ギルドとの関係はどうなっている」

「シーリンのギルドマスターとの関わりはあったわ」

「ボルナルド商会とのつながりは？」

「現状は見つかっていないわ」

　今のギルドマスターがシーリンのギルドマスターに着任した理由も、前ギルドマスターが年配を理由に退職、代わって赴任してきたことになっている。そこにボルナルド商会の関与や指示があったかは分かっていない。

「そうか」

　すでに王都の商業ギルドには報告済みなので、新しいギルドマスターがシーリンの街に赴任することになっている。これで、シーリンの街の商業ギルドもちゃんと働くようになるだろう。

　報告も終わり、しばらくするとサルバード家の処罰が決まった。

　サルバード家の伯爵位の剝奪、財産没収。そして、ガジュルドは死刑となった。息子のランドルは遠い親戚の家に預けられることになり、今後、シーリンの街に入ることは許されず、貴族になることも二度とない。

サルバード家が治めていたシーリンの街はファーレングラム家が治めることになった。

それと同時にシーリンの領主からグランお爺ちゃんは退き、息子のレオナルドが新しい領主として、引き継ぐことになった。

「身を引くにはちょうどいい時期じゃ、ガジュルドの奴もいない。レオナルドでもやっていけるじゃろう。街が新しくなるんじゃ。領主も新しくしたほうがいいじゃろう」

とグランお爺ちゃんは言っていた。

「それに、わしがもう少ししっかりしていたら、こんなことにはならなかったかもしれぬ。今回の責任は、ガジュルドだけじゃない。わしにも責任がある」

国王陛下への領主交代の願いはすぐに聞き入れられた。

報告を終えたグランお爺ちゃんはシーリンの街に帰ることになる。

わたしは一つグランお爺ちゃんに確認することがある。

「あの女の子はどうするの？」

「あの女の子？」

「ガジュルドのところにいたルーファのことよ」

「ああ、ルーファのことか」

「なんなら、わたしのところで引き取ろうか？」

彼女はガジュルドの側にいて、いろいろなことを知っていた。彼女も被害者の一人だが、無罪放免とはいかない。でも、わたしの管理下に置けば自由は保障できる。

「心配しなくても大丈夫だ。わしが引き取るつもりだ」

「そう」

わたしはグランお爺ちゃんを信用して、任せることにした。

番外編③　ルーファ　後編

グラン様とエレローラ様が王都に向かって、どれほどの日数が過ぎたでしょうか。

わたしはベッドの上で、天井を見ながらなにも考えずにいる。いや、なにも考えたくないといったほうが正しいかもしれません。でも、なにも考えないのは難しいです。静かな部屋。誰もいない部屋。無限に続く時間。だから、考えてしまいます。ガジュルド様のこと、お父さんのこと、そして、自分の未来のこと。

お父さんが殺されていたこともショックでした。お父さんを殺したガジュルド様は捕まりました。どのような罰になるか分かりませんが、グラン様やエレローラ様のお言葉ではかなり重くなるとのことです。

心にポッカリ穴があいている感じなのに、息苦しく、重い。

お父さん……会いたいよ。

今日もベッドの上に倒れて、天井を見上げています。今日も同じことの繰り返しかと思っていると、ドアが開き、年配の男性が部屋に入ってきました。

「……グラン様」

部屋に入ってきたのはグラン様でした。

「遅くなってすまない。ついてきなさい」

わたしは部屋から連れ出されます。

グラン様はなにも言わずに歩きます。わたしはグラン様の後ろを歩き、建物を出て、馬車に乗せられました。

どこに連れていかれるのでしょうか。たとえそこが処刑台だとしても、受け入れるつもりです。

目の前に座るグラン様は、チラチラとわたしのことを見ています。なにか言いたそうにしていますが、口を閉じたまま、黙っています。カタカタと馬車が動く音だけが聞こえていました。

馬車に静寂が続きます。グラン様に尋ねたいことがあるのですが、言葉が出てきません。

グラン様の座る席の横に目を向けると、花束が置かれています。

結局、なにも尋ねることができず、馬車が止まりました。

「降りるぞ」

わたしはグラン様に言われるまま馬車から降ります。

「ここは？」

馬車が止まった場所は街はずれで、木々が生いしげっている場所でした。

なぜ、ここに？

わたしが周囲を見ていると、グラン様が花束の一つをわたしに差し出してくださいます。

馬車の中にあった花束です。でも、なんでわたしに？

分からないことばかりです。

「グラン様？」

「持って、こっちに来なさい」

グラン様は歩を進めます。

言われるままに花束を受け取ったわたしはグラン様の後を歩きます。

「ここじゃな」

グラン様は一本の木の前で止まりました。

「……この下にお主の父親が眠っておる」

グラン様が少し言いにくそうにお話しになります。

「ここにお父さんが……」

「ガジュルドに吐かせ、お主の父親を埋めた者に聞いた」

エレローラ様、約束を守ってくださったんだ。

グラン様は持っている花を木の下に置くと手を合わせました。そして、離れ、わたしに場所を譲ってくださいます。わたしはゆっくりと木の下に向かいます。そして、グラン様と同じように木の下に花を置き、手を合わせます。

お父さん。こんなところにいたんだね。

(日が当たって、気持ちのよい場所だね)

周囲に建物はなく、静かな場所だけど、日が当たるよい場所です。

(薄暗い場所でなくて、よかったね)

涙が頬をこぼれ落ちる。

もう、泣くことはないと思っていたんだけど。

ダメだ。涙が止まらない。

お父さん……。

お父さんとの思い出が浮かんでくる。楽しかったこと、悲しかったこと、お母さんが亡くなったときは2人で泣いたこと。いろいろな思い出が流れていく。

わたしは涙を拭き、グラン様のほうを見ます。

「もう、いいのか?」

グラン様はなにも言わずに黙って、わたしのことを待ってくれていました。

「ありがとうございます。最後に父に会えてよかったです」

死ぬ前に父が眠る場所に来ることができてよかった。

「最後?　何度でも来ればよかろう」

「…………」

わたしにはグラン様がおっしゃっていることが理解できませんでした。

「一度だけじゃ、可哀想じゃろう。何度でも来てあげなさい。そのほうがお主の父親も喜ぶ」

「でも、わたしの処罰は」

「そうか、まだ話していなかったな。お主はわしの管理下に置かれる。観察処分となった」

「観察処分？」

「難しく考えなくてもよい。保護者と思ってくれればいい。街の外にはわしの許可がないと出られんが、基本、自由にしてくれてかまわない」

「……グラン様。でも、わたし……どこにも行くところは」

「なら、わしのところで働けばいい。ちょうど優秀なメイドを探していたところじゃ。といっても、わしは領主の座を息子に譲ったから、ただのジジイじゃがな」

グラン様は優しい笑顔で微笑まれます。グラン様は今回の事件で領主を退き、息子のレオナルド様が領主となるとのことです。

「わたしでよろしいのでしょうか？」

「こんなジジイで悪いがな。もし嫌なら、エレローラのところでもいい」

「エレローラ様ですか？」

「お主のことを心配しておった。自分が引き取るとも言っている。エレローラはよい主になると思うぞ。どうする？」

グラン様は優しく、わたしの進む道を示してくださいます。

わたしは父が眠る場所に視線を向けます。

「グラン様のところで働かせてください」

また、お父さんに会いにこよう。この街にいればいつでも会いにくることができます。

「ああ、よろしく頼む」

わたしはグラン様が差し出す手を握りました。

「それと、これを渡しておく」

グラン様はポケットから一枚のカードをわたしに差し出しました。

受け取ると、それはギルドカードでした。

「……お父さんの」

あの部屋で見つけたお父さんのギルドカードでした。

「遺品は他には見つからなかった。せめて、それだけでもと思ってな」

ギルドカードに書かれているお父さんの名前を見ると、また涙が出てきます。

「ありがとうございます」

わたしはお父さんのギルドカードを抱きしめます。

それからのわたしは、グラン様のところで働くことになり、忙しい日々を送っています。

しばらくして、ガジュルド様が処刑されたことをグラン様から伺いました。ランドル様は親戚に預けられたとのことです。

ガジュルド様が処刑されたことを聞いたときは喜びという感情ではなく、首に結ばれていた鎖を解かれたような感覚でした。

わたしも罪を償うため、グラン様のもとで一生懸命働きます。

ノベルス版9巻 書店特典① クマさんファンクラブのお茶会　フィナ編

ミサ様の誕生日パーティーも無事に終わりました。

ドレスを着ることになりましたが、ユナお姉ちゃんも一緒に着ることになったので、少しだけ安心しました。ユナお姉ちゃんは一生懸命に抵抗をしていましたが、ノア様に勝てず、ドレスを着ることになりました。

ユナお姉ちゃんがわたしのことを恨めしそうに見ていましたが、わたしだけがドレスを着るなんて嫌です。ユナお姉ちゃんも一緒です。

ドレスを着たユナお姉ちゃんは凄く綺麗でした。エレローラ様もクリフ様も驚くほどです。こんなに綺麗なのに嫌がるのが分からないです。

ミサ様にプレゼントしたケーキとクマさんのぬいぐるみは、とっても喜んでもらえました。そして、ドレスを汚すこともなくパーティーを終えることができました。

「明日はみんなでお茶会をしませんか？」

パーティーを終えた夜、ミサ様がそんなことを言いだしました。

「お茶会ですか」

「いま、お庭の花が綺麗に咲いているんです」

なんでも、ミサ様もたまにお花のお手入れを手伝っているとのことです。だから、見てほしいみたいです。

広いお庭でお花を見ながらお茶を飲むなんて、貴族様みたいです。いえ、ミサ様もノア様も貴族で、わたしだけが違います。

「お庭でお茶ですか、いいですね」

ノア様はお茶会に賛成し、わたしもお断りする理由がなかったので、参加することになりました。

「ユナお姉さまは？」

「う～ん、わたしはいいよ。3人で楽しんで」

「え～、ユナさんも一緒にお茶会しましょうよ」

「わたしは一人で、のんびりと街を散策してくるよ」

ユナお姉ちゃんも誘ったのですが、断られてしまいました。ノア様とミサ様は少し残念そうにしましたが、無理に誘うことはしませんでした。

翌日、わたしとノア様、ミサ様の3人はお屋敷の庭にやってきます。綺麗な花がたくさん咲いています。流石（さすが）、ミサ様のお屋敷に咲いている花です。お城のお花も綺麗でしたが、ミサ様のお屋敷に咲いているお花も綺麗です。

テーブルの上にケーキとお茶が並べられます。ケーキはユナお姉ちゃんが用意してくれました。

食べ過ぎはよくないって言っていたけど、いいのかな？　昨日も食べたけど。

ケーキの横にはくまゆるとくまきゅうのぬいぐるみが置いてあります。

ノア様がミサ様にお願いして、持ってきてもらったみたいです。ノア様は先ほどから、物欲しそうにぬいぐるみを見ています。ミサ様から取らないでくださいね。

「それでは、なにかありましたらお呼びください」

お茶を用意してくれたメーシュンさんは去っていきます。お茶会は3人だけでするからです。

「それでは、いただきましょう」

わたしたちはお花を見ながらケーキを食べます。

「フィナちゃん。今回はパーティーに来てくださりありがとうございます」

ミサ様があらためて、お礼を言います。

「いえ、その」

本当は断るつもりだったなんて、言えません。

「フィナは最初は断るつもりだったんですよ」

だけど、ノア様がすぐにばらしてしまいます。

「そうなんですか!?」

ミサ様は驚いた表情をします。

事実だけど。ノア様、どうして、そんなことを言うんですか。

「ごめんなさい。だって、わたしが貴族様の誕生日パーティーに参加するなんて、ご迷惑になると思って」

「わたしたちお友達でしょう。貴族とか、関係ないです」

「ミサ様……」

ミサ様が真剣な目でわたしを見ます。

「そうです。フィナは気にしすぎです。わたしたちは気にしていません。フィナは友達です。なにより、わたしたちはクマさんファンクラブで繋がっています」

そう言って、くまゆるのぬいぐるみを持ち上げます。

「ノア様……」

「だから、いつでもわたしの家に遊びに来てくださいね」

「うぅ、ノアお姉さま。ズルイです。わたしの家にも遊びに来てほしいです。フィナちゃん、いつでも街に来てね。歓迎しますから」

そう言われても、簡単にミサ様の街に来ることはできません。でも、ユナお姉ちゃんにお願いすればできるかな？

「あと、ユナさんも、断るつもりだったんですよ。それをわたしが参加するようにしたんですよ」

ノア様が胸を張ります。

「それから、フィナとユナさんのドレスを選んだのもわたしなんです」

「フィナちゃんのドレス姿、とても綺麗でした」

ユナお姉ちゃんのドレス姿はとっても綺麗でしたが、わたしのドレス姿は似合わなかったと思います。

うぅ、思い出すだけでも恥ずかしいです。

それからもミサ様やノア様とパーティーのときの話をします。

ケーキを食べ終わるとノア様が急に立ち上がります。

「それではこれから、クマさんファンクラブの会議をします」

とノア様が言い出しました。

「クマさんファンクラブの会議ですか？」

「そうです！」

「ノアお姉さま。ファンクラブの会議ってなにをするのですか？」

「それはもちろん、クマさんについてのお話です！」

クマさんのお話って、ユナお姉ちゃんとくまゆるとくまきゅうのお話しかないと思います。

「まず、裏切り者、フィナに聞きます」

「裏切り者ですか！」

いきなり、ノア様に指を差されました。

「そうです。どうして、クマさんのぬいぐるみのことを教えてくれなかったんですか。もし、教えてくれていたら、わたしの分も……、いえ、わたしも一緒に作るのを手伝いましたのに」

ノア様はテーブルの上にあるくまゆるとくまきゅうのぬいぐるみに視線を移します。だからぬいぐるみを持ってきたんですね。

でも、わたしの分もって聞こえたような。

「これは、クマさんファンクラブ会長であるわたしに対する報告義務を怠ったことになります」

そんなことを言われても困ります。

「それはわたしとユナお姉ちゃんからのミサ様への誕生日プレゼントだったから。それにぬいぐるみを作るのに忙しくて……」

あのときは誕生日プレゼントのことで頭がいっぱいで、ノア様がそんなふうに思うなんて考えもしなかったです。

「うぅ、わたしも一緒にクマさんのぬいぐるみが作りたかったです」

「その、ごめんなさい」

わたしが下を向いて謝ると、ノア様が慌てます。

「許しますから、次回は誘ってくださいね」

「はい」

「わたしも早くクマさんのぬいぐるみが欲しいです」

ノア様はくまゆるのぬいぐるみを抱きしめます。

ぬいぐるみを作りたかったのではなく、やっぱり、ぬいぐるみが欲しかったみたいです。

「それにしても、くまゆるちゃんとくまきゅうちゃんにそっくりです」

ノア様はくまゆるのぬいぐるみの顔を見ます。シェリーちゃんが苦労したと言っていました。わたしもシェリーちゃんに教わらなかったら、こんなに上手には作れませんでした。

「そうだ。今度、わたしの誕生日には大きいくまゆるちゃんとくまきゅうちゃんのぬいぐるみを作ってもらおう！」

ノア様は思い付いたように宣言をします。

「ノアお姉さま、ズルイです。わたしもくまゆるちゃんとくまきゅうちゃんの大きなぬいぐるみが欲しいです」

「ふふ、大きなクマのぬいぐるみをもらうのはわたしが一番です」

わたしは大きなクマのぬいぐるみを作ることを想像してみました。

うぅ、作るのが凄く大変そうです。この小さなクマのぬいぐるみでも、凄く大変でした。もし、大きなぬいぐるみを作るとしたら、かなりの布と綿が必要になると思います。このサイズのぬいぐるみが10個ぐらいじゃ、すまないと思います。

でも、ぬいぐるみを作るのは楽しかったです。もし、大きなくまゆるとくまきゅうのぬいぐるみを作れるなら、作ってみたいです。

ノベルス版9巻 書店特典② アンジュさんとクマぬいぐるみ

最近、このお城にはクマの格好をした女の子、ユナさんが出入りしています。しかも、国王陛下の姫君であるフローラ様の部屋に自由に入室する許可も出ています。ユナさんはとっても不思議な女の子です。

ユナさんは絵を描くのがとても上手で、フローラ様に絵本を描いてくださいました。料理も上手で、いろいろな料理を作ってはフローラ様に持ってきてくださいます。

さらに信じられないことに優秀な冒険者なのだといいます。とてもそんなふうには見えない可愛い女の子です。

本日、ユナさんがフローラ様に会いにやってきました。

ユナさんは今日も可愛らしいクマの格好をしています。ユナさんが来ると、フローラ様はいつも「くまさん、くまさん」と言って、嬉しそうに駆け寄っていきます。ユナさんは駆け寄るフローラ様を優しく抱き止めます。フローラ様は満面の笑みになります。

ユナさんはフローラ様にプレゼントを持ってきたと言います。

いつものように食べ物でしょうか？

ユナさんがクマさんの顔をした手袋から出したのは、クマさんのぬいぐるみでした。それも黒と白の2つです。ユナさんの召喚獣のクマさんにそっくりです。

フローラ様は嬉しそうにクマのぬいぐるみに抱きつくと、床に座り込んでしまいました。

床は掃除をしてあるので綺麗ですが、王族としてはいけません。わたしはフローラ様に立つように促します。フローラ様は素直に従ってくださり、椅子に座ると、ぬいぐるみを抱きしめます。

クマのぬいぐるみはどうやら、ユナさんの召喚獣のクマをモチーフにしたようです。だから、黒と白のクマだったんですね。

フローラ様はクマさんの手を握ったり、頭を撫でたり、抱きしめたりします。もう、満面の笑みです。

うぅ、可愛いです。きっと、わたしの娘にもプレゼントしたら喜びます。

娘はユナさんが描いた絵本もお気に入りで、フローラ様同様にクマが好きになってしまいました。しばらくはクマの絵本ばかり読んでいました。

それから王妃様がお部屋にやってきました。驚いたことに王妃様の分までクマのぬいぐるみがプレゼントされます。

凄く羨ましいです。でも、王妃様の前で、わたしも欲しいなんて言うことはできません。

わたしがクマのぬいぐるみを見ていると、ユナさんがわたしに声をかけてくれます。

「アンジュさんも欲しいの?」

物欲しそうにぬいぐるみを見ていたのを気づかれてしまったみたいです。

「いえ、その、娘が喜ぶかと思いまして。娘はユナさんの絵本が大好きですから」

わたしがそう答えると、

「アンジュさん。娘さんにあげてください」

ユナさんはそう言うと、黒と白のクマさんのぬいぐるみを新しく出してくれます。

「いいのですか?」

「クマが好きって言われたら、断れないです」

わたしがお礼を言って受け取ろうとすると、テーブルの上にぬいぐるみが増えたことで、フローラ様が喜びはじめます。

フローラ様。お願いですから、そのぬいぐるみも欲しいとは言わないでくださいね。わたしの娘の分です。

わたしの心配をよそにフローラ様は楽しそうにしています。

でも、フローラ様の笑顔を見ることができるのは幸せです。

そして、ユナさんが持ってきてくださった料理を食べます。

今日の料理はお鍋でした。なんでも、お餅という珍しい食べ物が入っているそうです。お餅は伸びたりする食べ物のようです。フローラ様は楽しそうに食べています。

昼食を終えるとフローラ様はユナさんからいただいたぬいぐるみを抱いて、眠そうにしています。

わたしはフローラ様をベッドに連れていきます。クマさんのぬいぐるみも一緒です。フローラ様はクマのぬいぐるみを抱いて、気持ちよさそうに眠りにつきました。可愛いです。

そして、一日の仕事が終わり、ユナさんからいただいたクマのぬいぐるみを無事に家に持って帰ることができました。フローラ様が娘の分のぬいぐるみを欲しがらなくてよかったです。ただ、起きたときにユナさんがいなくなっていたので、悲しそうにしていました。

わたしの家は城の中に与えられた部屋で、夫と子供も一緒に暮らしています。夫は城で事務的な仕事をしているので、わたしたち一家はこの城の中で住まうことを許されています。

時間が空いたときは娘の様子を見ることもできるし、他の使用人たちが面倒を見てくれますので、安心して仕事をすることができます。

部屋に戻ってくると、娘のリーシャが出迎えてくれます。

「おかあさん、おかえり」

「ただいま」

「きょう、くまさんがきたってほんとう？」

「あら、耳が早いのね」

「うん、きいたの」

他の使用人から聞いたのかしら？

「おかあさん、そのおおきなふくろなに？」

大きい袋の中にはユナさんにいただいたクマのぬいぐるみが入っています。

「ふふ、なにかな？　リーシャがとっても喜ぶものよ。なんだと思う？」

「うぅ、わかんないよ」

リーシャは少し口を尖らせる。

「ふふ、ごめんね。なんと、そのクマさんからプレゼントをもらってきたのよ」

わたしは袋から、ユナさんからもらった黒いクマのぬいぐるみと白いクマのぬいぐるみを娘の前に出します。

「くまさんだ～」

リーシャの顔はパッと満面の笑みになり、クマのぬいぐるみに抱きつきました。

フローラ様とまったく一緒の反応です。

わたしが帰ってきたときよりも嬉しそうにします。少し嫉妬してしまうけど、クマのぬいぐるみは可愛いからしかたありません。

「おかあさん。くまさん、ふたつともわたしにくれるの?」

「うん、リーシャがクマさんが大好きって言ったら、プレゼントしてくれたのよ」

「くまさんにあいたいな」

お城に住むことは許されているけど、王族がいらっしゃる奥まで娘を連れていくことはできません。

だから、リーシャがユナさんに会えるとしたら偶然に通路で会うぐらいです。

でも、今度お願いすれば、会ってもらえるかしら? だけど、私的なことをお願いするのは難しい。

「くまさんにおなまえはあるの?」

「なまえ?」

「うん! なまえがないとかわいそうだよ」

ユナさんのクマには名前があります。たしか、黒いクマがくまゆる。白いクマがくまきゅう。

わたしがリーシャに教えてあげると、

「くまゆるちゃんとくまきゅうちゃん、よろしくね」

リーシャは黒いクマさんと白いクマさんのぬいぐるみを抱きしめます。その姿を見ると顔が微笑んでしまいます。フローラ様も可愛いけど、わたしの娘も可愛い。

うぅ、もう一人子供を作ろうかしら？

それから、夫が仕事から帰ってくると、リーシャは嬉しそうにクマのぬいぐるみを見せに行きます。本当に嬉しいみたいです。

食事をするときも、側に置き、寝るときも一緒にいます。

「どっちのクマさんが可愛い？」

わたしはなんとなく疑問に思ったので尋ねてみます。

するとリーシャは両方のクマを見比べます。黒いクマを見ては白いクマを見、白いクマを見ては黒いクマを見る、それを何度も繰り返します。

「うぅ」

リーシャは泣きそうになる。

「ごめん、どっちも可愛いよね」

わたしはリーシャの頭を撫でて謝ります。リーシャは小さい体で両方のクマを抱きしめます。

寝る時間になると、ベッドに入り、リーシャは左右にクマのぬいぐるみを置きます。

「おかあさん。くまさんのえほん、よんで」

どうやら、クマのぬいぐるみを見ていたら、クマの絵本を読んでほしくなったみたいです。

「いいわよ」

わたしが絵本を読んであげていると、リーシャから寝息が聞こえ始めます。

どうやら、寝てしまったようです。

無意識に腕の中には白いクマさんを抱きしめています。

あら、白いクマさんのほうがいいのかしら？

「……くまさん」

「ふふ」

わたしは娘の頭を撫でて、明かりを消すと部屋を後にしました。

ノベルス版9巻 書店特典③ レトベールさんの絵本探し

わしはラルーズの街で大きな店を持つ商人だ。王都にも支店を持ち、商人としては大成功している。

ソルゾナーク国とエルファニカ国の商品を仕入れて、国境付近で商売をしている。

このたび、王都に行き、いくつかの商談をすることになった。

王都には息子の嫁のセフルの実家があるので、セフルと孫のアルカを連れていくことにした。

セフルの実家も小さいが商家であり、王都に行くといつも世話になっている。

「それではよろしくお願いします」

ソルゾナーク国の画家の絵を頼まれた。うちでは扱っていない商品だ。たまにお得意様から頼まれることがある。扱っていない商品は仲間内で頼むことが多い。今回の絵は知り合いの商人に頼むつもりでいる。

今日も商談をまとめ、セフルの実家に戻ってくる。

家に戻ってくるとアルカが出迎えてくれる。わしの可愛い孫娘だ。

「おじいちゃん、おかえり」

「ただいま」

わしはアルカを抱きかかえる。まだまだ、軽い。わしはアルカを抱いたまま、部屋へと入る。

「おじいちゃん。おねがいがあるの」

あまりおねだりをしないアルカが珍しい。そのあたりは母親のセフルが厳しくしつけていることもあって、わがままをあまり言わない子だ。そのアルカがねだってきたので、わしは嬉しくなる。

「お願いってなんじゃい？」

「くまさんのえほんがほしいの」

絵本が欲しいなんて可愛い願いだ。でも、わしが買い与えると、甘やかし過ぎと言ってセフルに怒られる。わしは確認するため、部屋にいるセフルに尋ねる。

「セフル、絵本ぐらい買ってあげたらどうじゃ」

「お義父さん、違うんです。アルカが欲しがっている絵本は、お店では売っていないみたいなんです」

どうやら、買ってあげないのではなく、店に売っていないらしい。

「それじゃ、どこで見たのじゃ」

なんでも知り合いの家に行ったとき、そのクマの絵本を見たらしく、アルカはそれをとっても気に入ってしまったとのことだ。

「アルカ、その絵本が欲しいのか？」

「うん、くまさんかわいいの」

「そうか。セフルがいいなら、わしが手に入れてきてやろう」

「ほんとう？」

アルカが嬉しそうな笑顔をする。この笑顔のためなら、お祖父ちゃんは頑張れる。

「お義父さん。そんな簡単に約束をしていいの？」

「たかが絵本じゃろう。これでも商人だ。手に入れるぐらい簡単じゃ」

このときは、商人としての伝手を使えば、絵本ぐらい簡単に手に入ると思っていた。

まずはその絵本を見せてもらうため、セフルの知り合いに話を聞くことになった。

「こちらがその絵本です」

「すまない」

絵本を見せてもらう。たしかに可愛いクマの絵本だった。内容はクマと女の子のお話だ。

絵本を調べて分かったことは作者の名前はクマ。さらによく見ると絵本の裏に、国の印が押されていた。

つまり、絵本には国が関わっているということだ。

たかが絵本に？

「これはどこで手に入れたのじゃ？」

「申し訳ありません。この絵本については機密扱いになっていまして、話すことができないのです」

昨日、セフルから聞いていたが、やっぱり教えてもらうことはできない。

たかが絵本だ。別に違法な物の取引じゃない。なのに入手先が言えないって、どういうことなのだ？

「答えられない理由を聞いてもよろしいか？」

「購入するときに絵本については他言しない契約になっています。この絵本の譲渡、複製、販売は不可。入手先も秘密になっています」

「冗談じゃろう？」

でも、男は首を横に振る。

「もし、破ったことが知られたら、絵本の続きを入手することができなくなるかもしれません。そんなことになれば子供に恨まれます」

クマの絵本は2巻まで出ている。だから、3巻目も出るかもしれないとのことらしい。

「それなら、作者のこのクマって誰だ？　わしが直接頼むから教えてくれ」

「申し訳ありません。それもお答えすることができません」

作者のこととなるともっと口が堅くなる。箝口令（かんこうれい）が敷かれている感じだった。

セフルからは無理やり聞くことは止めてほしいと言われているので、強くは追及できない。

それから、わしは小さい子供がいると思われる知り合いを訪ねたりして、絵本を持っている者を何人か見つけることができた。だが、誰も彼もセフルの知り合いと同様に口が重い。

入手先はもちろん、購入方法を聞いても駄目だ。せめて作者が分かれば譲ってもらったり、描いてもらうのだが、それさえもできない。

「お金を支払うから、譲ってもらうことは」

「申し訳ありません。お金の問題ではありませんので」

通常の絵本の百倍の価格を提示しても、首を縦に振る者はいなかった。

やっぱり、絵本に押されている国の印が関係しているようだ。そう考えると、国のかなりの上の人物の指示が出ているのかもしれない。

それからも仕事をしながら、絵本について調べるが、手に入れることはできないまま時間だけが過ぎていく。明日には王都を出発することになってしまった。わしはアルカとの約束を守ることができなかった。

重い足どりで、アルカが待つ家に帰る。

「おじいちゃん、えほんは？」

家に戻ってくるとアルカが尋ねてくる。

「すまない」

「うぅ」

アルカは悲しい顔をする。

「アルカ、お祖父(じぃ)ちゃんも一生懸命に探しているんだから、そんな顔をしちゃダメよ」

セフルがなだめるように言う。

「……うん」

アルカは小さく頷く。

よい子だ。

わしが安請け合いをしたばかりに、アルカに期待を持たせてしまったのが悪い。

「アルカ、すまない」

一応、王都にいる知り合いに頼んでおいたが、手に入るとは思えない。なんとか手に入れる方法はないだろうか。

ラルーズの街に戻ってきたわしは王都で依頼された絵をドグルードという商人に頼む。

ドグルードは美術品に詳しく、絵や彫刻品を扱っている。

「分かりました。シューベル画伯の絵ですね」

「それじゃ、頼む。期日はしっかり守ってくれ」

「でも、タイミングがよかったですよ」

「どうしてだ」

「明日から王都に行くことになっていまして、しばらく街を離れることになっています。もちろん、絵のほうは手配しておきますから大丈夫ですよ」

「王都に行くのか？」

ドグルードは絵に詳しく、画家にも知り合いが多い。もしかするとクマの絵本の作者についても知っているかもしれない。もしくは画家経由で絵本の作者も見つかるかもしれないと思い浮かんだ。

「王都に行くなら、一つ頼みを聞いてくれないか？」

「なんでしょうか？」

わしはクマの絵本のことをドグルードに説明する。

「クマの絵本ですか？　分かりました。何人か知り合いがいますから、尋ねてみます」

「頼む」

「でも、期待はしないでください。レトベールさんが見つけられなかったものを自分が見つけられるとも思えませんので」

「違う観点で探せば、見つかる可能性もある。ダメもとじゃ」

少しでも情報が集まればいい。

でも、絵本が手に入らなかったときのことを考えて、少しでもアルカのご機嫌を取るために、代わりになにをプレゼントするかを考えることにした。

ノベルス版9巻 書店特典④　ルイミンと遭遇　ミランダ編

ラルーズの街には大きな川があり、エルファニカ王国とソルゾナーク国の国境となっている。川を挟むように両側には街がある。わたしたちは仕事でソルゾナーク国側の街に来ていた。仕事も終わり、家を借りているエルファニカ王国側の街に戻ることにする。冒険者ギルドで報告を終えたわたしたちは依頼ボードを確認すると、ちょうど、川を渡って街に運ぶ荷物運びの仕事があった。船代は依頼主持ち、しかも今日と急ぎの仕事だ。船代も浮く。一石二鳥だ。貧乏冒険者のわたしたちは受けることにした。

仕事の依頼を受付で済ませると、仲間のシャーラとエリエールのところに戻る。

「どうしたの？」

エリエールが依頼ボードのところを見ている。

「あそこに、可愛（かわい）い女の子がいると思って」

エリエールの視線の先には15歳ほどの女の子がオロオロしながら依頼ボードを見ていた。

「襲っちゃだめだからね」

「襲わないわよ。ただ、女の子が一人で困った顔で依頼ボードの前に立っていたら気になるでしょう」

「そうだけど」

「ちょっと声をかけてくるね」

エリエールはそう言うと女の子のところへ向かう。わたしとシャーラは諦めて、エリエールの後を追いかける。

依頼ボードの前にいたのはエルフの女の子だった。

話を聞くと、姉に会いに王都まで行きたいらしい。だけど、船に乗るお金も宿に泊まるお金もないので、冒険者ギルドに依頼を探しに来たという。でも、自分にできそうな依頼がないので、困っていたようだ。

そんな話を聞いてしまったら、見捨てることはできない。エリエールもシャーラも、頷（うなず）いている。

「それなら、わたしたちの荷物運びの仕事を一緒にやらない？」

「いいのですか？」

女の子は不安そうに尋ねる。

「船代は向こう持ちだし、たいした額ではないけど、多少はお金も手に入るから、少しは王都に行く足しになると思うよ」

わたしの言葉に女の子は考え込む。怪しまれているのかな？

女の子はわたしたちを見て、小さく頭を下げた。

「それじゃ、迷惑じゃなければお願いします」

「こっちもよろしくね。わたしはミランダ。こっちが」

「エリエールよ」

「シャーラ」

「ルイミンです」

お互いに挨拶をする。

「それで、ルイミンはギルドカードは持っている？」

「はい、前にお父さんに取らされました」

ギルドカードを確認すると、ランクEだった。


仕事の登録をすませたわたしたちは依頼主のお店に向かう。

仕事内容はこの支店に届けられた荷物を川を渡ったお店へ運ぶことだ。

本来はアイテム袋を使うそうだが、他で使用中なのでアイテム袋がないらしい。しかも急ぎの荷物もあるので、冒険者の手を借りることにしたようだ。

「みなさん、ありがとうございます。急な依頼でしたが来ていただいて助かります」

依頼主は商人のドグルードさん。優しそうな人だ。

「いえ、こっちも街に戻るところだったので、助かります」

「それでは荷物を馬車に運んでもらえますか」

わたしたちはドグルードさんの指示に従って、荷物を馬車に運ぶ。

「どれも貴重なものなので、丁寧にお願いしますね」

だから、女性限定だったみたいだ。男性が丁寧に扱わないとはいわないけど、この手のデリケートな仕事は女性限定になることが多い。

「ルイミンちゃん、そっちを持って」

「はい」

エリエールとルイミンが一緒に荷物を運んでいる。ルイミンのことは、彼女のことを気に入っているエリエールに任せておけば大丈夫だろう。

わたしたちは荷物を全て馬車に載せ終わる。

「ありがとうございます。それではこのまま船に乗りますので、みなさんもどうぞ」

わたしたちは馬車に乗り、馬車はそのまま船に乗り込む。船代はドグルードさん持ちになる。本当に運がよかった。

「ルイミン大丈夫?」

「はい、大丈夫です」

川を不安そうに見ているルイミンに声をかけたけど、大丈夫みたいだ。

船はゆっくりと川の上を進み、渡っていく。

馬車は船を降り、そのまま街を走って、ドグルードさんのお店の前までやってくる。

今度は荷物を降ろさないといけない。

「シャーラ、そっちを持って」

「重いわね」

「ほら、エリエールもルイミンも頑張っているんだから」

ルイミンは小さい体で一生懸命に荷物を運んでいる。わたしたちも頑張らないといけない。

それから、わたしたちは降ろした荷物をドグルードさんの指示で片づけていく。

そのときだ。

「うわあああぁ」

声がしたほうを見るとルイミンが倒れていた。

「ルイミン、大丈夫？」

「はい、大丈夫です。つまずいてしまいました」

ルイミンは立ち上がる。

「えっ」

「どうしたの？」

「………………」

ルイミンに声をかけても返事がない。一点を見て、震えている。

ルイミンに近寄ると、ルイミンの前にある絵が破けていた。

「どうかしましたか？」

ドグルードさんがやってくる。

「絵が……」

ドグルードさんは絵を見て、険しい顔になる。

ルイミンが破いてしまった絵はとても高いもので、金額を聞いたときは驚いた。とてもではないがわたしたちに払える金額ではなかった。

「困りました。この絵は購入者が決まっていまして」

ルイミンの顔は、話を聞くにつれ蒼白になっていく。

「本当にそんなに高いんですか？」

信用していないわけではないが、確認する。

「はい、有名な画家の絵です」

わたしたちは念のため、商業ギルドでも確認をしてもらう。間違いなく、有名な画家の絵であり、高額の絵だった。

依頼を失敗したのは間違いないが、問題は絵の代金をどうするかだ。

ルイミンに押し付けることも可能だ。でも、震えている女の子にそんなことはできない。

商業ギルドで絵の確認をしたりしているうちに、時間は夕刻になってしまう。

とりあえずは詳しい話は翌日することになり、わたしたちは自分たちが借りている家に戻ってくる。

「ルイミン、大丈夫だから」

「ごめんなさい」

ルイミンは謝ってばかりだ。

どうにかしてあげたいけど、どうしたらいいか分からない。

どうにか、値段を安くしてもらう交渉をするぐらいしか、思いつかなかった。

顔色が悪いルイミンを寝かせ、わたしたちも睡眠をとる。

翌日、起きるとルイミンの姿がなかった。ルイミンを捜そうとすると、一枚の手紙がテーブルの上に置いてあった。

『絵の代金を払ってきます。みなさん、優しくしてくれてありがとうございました。ルイミン』

わたしは手紙を握りしめる。

「代金って、ルイミン、お金を持っていなかったのに……」

「もしかして、自分の体を」

エリエールが騒ぎだす。

「いや、昨日、ドグルードさんとルイミンがなにか話しているのを聞いた。たしか腕輪がどうとか」

シャーラが昨日のことを思い出す。

「腕輪？」

思い返してみると、たしかにルイミンは腕輪をしていた。

「たしか、エルフにとって腕輪は大切なものだったはず。そして、それはとても価値があるって聞いたことがあるわ」

「それじゃ、もしかして、その腕輪を⁉」

わたしたちは部屋を飛び出して、ドグルードさんのお店に向かう。

予定より早く店に来たわたしたちをドグルードさんが迎えてくれる。

「来ると思っていました」

奥の部屋に案内されると、テーブルの上に腕輪があった。記憶に間違いがなければルイミンがつけていた腕輪だ。

「彼女が置いていきました」

やっぱり。

「それでルイミンは？」

「街を出ていきました」

「早く追いかけないと」

その言葉を聞いて、エリエールが椅子から立ち上がる。

「エリエール、落ち着いて」

「シャーラ。だって、ルイミンが」

「分かっているわ。だから落ち着いて」

飛び出そうとするエリエールを止める。

「ルイミンさんはみなさんにも謝っていました。もし、お店に来たら、謝罪を伝えてほしいと」

「……ルイミン」

「それで、ドグルードさんは腕輪を受け取ったのですか？」

「わたしも商人です。絵を破かれたことを、うやむやにはできません」

「そうだけど」

納得はできない。

「ドグルードさん、その腕輪はどうするつもりなんですか？」

「とくに決めていませんが」

「それなら、わたしたちが買います」

「みなさんが？」

「今すぐには無理だけど、いつか、きっと、お金を稼ぎますから、それまでは誰にも売らないでもらえますか？」

わたしたち貧乏冒険者が買い戻せるのはいつになるか分からないけど、ルイミンを悲しい顔にさせておくわけにはいかない。

「みんなもいいよね」

「わたしは可愛い女の子の味方だからね」

「ええ、わたしたちにも責任がないわけじゃないしね」

みんながわたしの提案に了承してくれる。

「みなさんの気持ちは分かりました。できる限り、売らないことを約束します」

わたしたちはルイミンの腕輪を買い戻すため働く。いつか、ルイミンに腕輪を渡すために。

そして、今日もわたしたちは、冒険者ギルドへと向かう。

この本を読んでのご意見・ご感想・ファンレターをお待ちしております。
〒104-8357 東京都中央区京橋 3-5-7
(株)主婦と生活社 PASH! 文庫編集部
「くまなの先生」係

PASH!文庫

本書は2018年3月に当社より単行本として刊行されたものを文庫化したものです。
※この作品はフィクションであり、実在の人物・団体・法律・事件などとは一切関係ありません。

くまクマ熊ベアー 9

2023年12月11日 1刷発行

著　者　くまなの
イラスト　029
編集人　山口純平
発行人　倉次辰男
発行所　株式会社主婦と生活社
〒104-8357 東京都中央区京橋 3-5-7
[TEL] 03-3563-5315(編集) 03-3563-5121(販売)
03-3563-5125(生産)
[ホームページ]https://www.shufu.co.jp
製版所　株式会社二葉企画
印刷所　大日本印刷株式会社
製本所　株式会社若林製本工場
デザイン　ナルティス(原口恵理+粟村佳苗)
フォーマットデザイン　ナルティス(原口恵理)
編　集　山口純平、染谷響介

 Printed in JAPAN ISBN 978-4-391-16157-1